生命的横渡

——「87」钢城青年黄漂探险大纪实

李艳艳　李　鹰◎著

中国言实出版社

图书在版编目（CIP）数据

生命的横渡："87"钢城青年黄漂探险大纪实 / 李
艳艳，李鹰著 . —北京：中国言实出版社，2018. 12

ISBN 978-7-5171-2994-3

Ⅰ . ①生… Ⅱ . ①李…②李… Ⅲ . ①纪实文学 – 中
国 – 当代 Ⅳ . ① I25

中国版本图书馆 CIP 数据核字（2018）第 287720 号

责任编辑：代青霞
责任校对：崔文婷
出版统筹：史会美
责任印制：佟贵兆
封面设计：贺智敏

出版发行　中国言实出版社
　　　　　　地　　址：北京市朝阳区北苑路 180 号加利大厦 5 号楼 105 室
　　　　　　邮　　编：100101
　　　　　　编辑部：北京市海淀区北太平庄路甲 1 号
　　　　　　邮　　编：100088
　　　　　　电　　话：64924853（总编室）64924716（发行部）
　　　　　　网　　址：www.zgyscbs.cn
　　　　　　E-mail：zgyscbs@263.net
经　　销　新华书店
印　　刷　北京市金星印务有限公司
版　　次　2019 年 3 月第 1 版　2019 年 3 月第 1 次印刷
规　　格　710 毫米 ×1000 毫米　1/16　12.5 印张
字　　数　192 千字
定　　价　38. 00 元　ISBN 978-7-5171-2994-3

在母亲的胸膛上（代序）

你听说过 30 多年前的那个惊心动魄的故事吗？你认识那些令人肃然起敬的勇士吗？也许你那时候还在母亲的襁褓里，但他们已经是 20 来岁的小伙子了，他们用躁动不安的心去追逐一个伟大的梦想——黄河漂流，直指大海。

《生命的横渡》这本书，将带着我们回到那个激动人心的岁月，和漂流队的勇士们一起，去聆听黄河的涛声，去波峰浪谷中搏击，去迎接死神的挑战。

1987 年早春的一天，他们从安徽马鞍山出发，一路风尘直抵黄河源头，开始了艰难的漂流。180 多个日日夜夜，穿行 9 个省区，历尽艰险，闯过官仓峡、拉加峡、野狐峡、龙羊峡、阿什贡峡、拉西瓦峡等数十个险关峻谷，到达壶口瀑布，再穿过龙门和豫西峡谷，终于完成了 5464 千米的黄河全程漂流，到达黄河入海口。

这是何等的壮举，这是怎样的传奇！

他们中有马钢工人，有设计师，有货运员，他们代表着一座城市，代表着那一代年轻人的精神状态。他们自信，相信自己能够阅尽黄河，扑向大海；他们勇敢，凭借着一股精气神战胜了所有的艰难困苦，征服了道道险关。他们友爱，即使站在死神面前，依然手拉着手，大声呼喊着同伴一起前行，直至被波涛夺去了两条生命，也没有丝毫退缩，带着同伴的嘱托，坚持走完全程。

在今天的一些人眼中，这种行为也许太可笑了，他们怎么会这样呢？到底图什么？

在寻找这道难题的答案时，我有幸在一次聚会上见到了漂流队里最小的队员毛世卫，他当时才19岁，是马钢焦化厂的工人。他告诉我，早在1985年，美国人就出资30万美元想购买黄河首次漂流权。这怎么行呢？中国的黄河漂流怎么能让别人打头阵？于是，一群热血青年聚集在一起，决定去冒这个险。有一位队员的母亲被吓坏了，竟想用自杀来阻止他去漂流，但也没能挡得住他的脚步。

试问，这不是爱国情怀是什么？

为什么去冒这个险？众说纷纭，莫衷一是。看看书中是怎么说的吧：当时中国正处于20世纪80年代，"人们从多年的压抑中挣脱出来，特别是血气方刚的年轻人，更是渴望通过多种方式来实现自我价值。而当无从选择自己命运的时候，就会在冒险的道路上寻找机会来表现自我，一旦功成名就，命运和人生会有所改变，而黄漂或许就是改变命运的机会之一……"

不管出于什么目的，反正他们去了。尽管他们身上存在这样或那样的缺点和不足，比如缺乏理性、爱冲动、不听劝；中途，组织上曾派人想拦住他们，要求返回，说他们已经见到了黄河，行啦。可他们却要见到大海，不见大海心不死。如果硬要他们打退堂鼓，他们马上跳楼。

读到这里，一群敢于冒险的英雄形象已经在读者心中树立起来了。

他们是这座城市的骄傲，是钢铁儿女的典型。

这部书的作者一位是资深记者，一位是博士研究生，他们把新闻语言和文学描写巧妙地糅合起来，形成一部独特的纪实文学。虽然是多年前的故事，但读起来依然是那么新鲜感人。相信你，只要打开书的第一页，就会一口气往下读。随着场景的变化、季节的更替、危险的叠加，英雄的命运始终牵着你的心。书中没有刻意的渲染，没有无限制的拔高，只是用平静的语言叙述着那个久远的故事。字里行间，穿插一些恰到好处的议论、抒情，引领着读者，带着平常心去理性地审视、分析那些令人不可思议的往事。

阅读中，细心的读者还会发现，作品中运用大量的比喻、想象等手法去还原当时的情景，让你去思索，去联想，去感同身受。比如在写漂流过程中，橡皮筏猛地在岩石上一撞，每个人的"五脏六腑仿佛被挤出胸膛"；当壶口瀑布裹挟着他们在激流中翻腾时，"就像掉入洗衣机的卷筒里一样不能自已"。

看看龙羊峡谷的一段描写吧："两岸悬崖陡峭，危石狰狞，岸壁高出水面150余米，自然坡度达到70度。由于河面不宽，收窄后的水流变得十分湍急，惊涛拍岸，声响如雷，河水被巨浪高高卷起后，又骤然释放，仿佛把一个瓷瓶摔得粉碎，无数朵白色浪花在阳光下飞溅，远远望去，如漫山遍野的羊群在蠕动。"

作品中除了对黄河的波涛以及两岸景色的描写，还有许多感人的细节，读来催人泪下。当队长遇险后，人们在密封筏里，发现他给大家留下的500块钱；当人们四处寻找队长时，发现了一具尸体，尸体已无法辨认，"但看到那条球裤上面印着'马钢14号'白字时，所有人放声大哭，这正是汤立波啊……这条马钢篮球队球裤是队员夏忠明的，他看到队长身单衣薄，将贴身球裤让给他的。"

朋友间的真情在这里得到淋漓尽致的体现。

读到这些，读者不禁会发出感叹：黄河，你是一条母亲河，你以宽大的胸怀接纳这群中华儿女；你坦坦荡荡，你充满柔情，有时却难以自制，大发脾气，发疯般地折磨着这些远道而来的孩子，以至要儿女们付出仅有一次的生命。这是怎样的黄河啊！

书中最后有两句格言，这是全书的眼睛，记住它，你会受用终生的：

人类因梦想而精彩，梦想因执着而伟大。

我深信，30年过去了，黄漂的精神依然活跃在这座城市里，正幻化成巨大的精神财富，激励着更多年轻人为实现新的梦想而奋斗。

中国作家协会会员　著名作家

马鞍山市政府文化顾问

戎林

目　录

开 篇

没有探险精神的民族是没有希望的民族。

——题记

　　1987年是注定要载入史册的一年，是理想主义激情四射的一年。年初的春节晚会上，费翔的一曲《冬天里的一把火》，为那个改革开放浪潮涌动的年代，注入了万丈豪情；中国女排实现"五连冠"，激发出全民拼搏斗志；"团结起来，振兴中华"成为那个时代的最强音。而大兴安岭地区发生的新中国成立以来特大的森林火灾，让人们开始反思人类与大自然和谐共存的关系。而最引人注目的是继1986年长江漂流后引发的漂流热后，1987年的民间黄河漂流活动，更使江河探险漂流活动达到高潮。一群来自河南、北京、安徽等地的热血青年们，自发组成三支黄河漂流探险队，开启了人类对黄河的首次无动力全程漂流探险。他们征服了冰川峡谷、瀑布激流等难以想象的艰难险阻，付出了7名队员英勇牺牲的巨大代价，历时半年终完成了全长5464千米、落差4831米的伟大征程，被誉为"人类漂流史上前无古人的一次壮举"。

　　这一对大自然未知领域的好奇与探险可能是出于冲动，抑或出于强烈的民族自尊心的驱使，但不可否认，这正是改革开放激发出的能量在人们特别是青年人思想深处掀起的波涛，成为与安分守己、本分工作、老实听话等传统教育形成的思维和心态的逆反。突破陈规，大胆思索，敢于冒险，但又不成熟，成为那个年代思想解放的特征和社会写照，而"黄漂热"就是那个时代的典型镜像之一。尽管这次举世无双的黄河探险活动有 7 位漂流勇士悲壮遇难，导致江河探险活动出现紧急刹车，大规模漂流探险活动一时陷入沉寂，但从他们身上体现出的不畏死亡的豪迈勇气，至今仍然让我们感动不已。"黄漂"中所表现出来的人与自然勇敢搏斗和探险精神，已成为我们民族的宝贵财富并激励着后人，而这种"吾将上下而求索"的精神，从古至今都是推动中华民族前进的永恒动力。

时光荏苒，三十年弹指一挥间。2017 年 7 月，国家体育总局水上运动管理中心、中国极限运动协会在陕西省榆林市吴堡县举办了"漂流中国·吴堡黄河大峡谷国际漂流公开赛暨黄河漂流三十周年纪念活动"，中国人民对外友好协会时任会长陈昊苏同志于 7 月 19 日特为活动致信并赋诗一首。

信中写道：中国在 20 世纪 80 年代掀起改革开放的大潮，引领中国特色社会主义事业一路高歌猛进。黄河漂流是那一代青年英雄创造出来的光荣业绩，值得我们献上真诚的赞美，并以此召唤新一代的青年英雄在全面深化改革的宏伟征程中继续奋进。谨向当年的黄漂勇士致敬！向正在崛起的年轻一代致敬！向党领导下的为新的改革事业英勇献身的英雄儿女致敬！谨把我的一首诗献给作为黄河儿女的各位尊敬的朋友们和同志们！

纪念三十年前的黄漂英雄们

漂流探险英雄业，

礼敬黄河不计年。

铁血担当成永忆，

雄风改革竟无前。

春山秋水真情寄，

赤子红心大梦圆。

不老英魂凭祭奠，

神州万里凯歌旋。

第一章　钢城涌动漂流热

　　为什么去登山？因为山在那里。为什么去漂流？因为江河在那里。

　　马鞍山市坐落在长江之滨。这是在新中国计划经济时代因钢铁工业建设需要而建立的钢铁城市，浓厚的计划经济氛围，使这座小城保持着按部就班、遵规守矩、悠然自得的节奏。清晨在百灵鸟的婉转叫声中，上万马钢产业大军的自行车挤满了不大宽敞的道路，融入烟囱林立的马钢各厂区，傍晚下班时又是滚滚车流充塞道路各个角落。而在整个上班时间，道路行人稀少，城市沉浸在机器轰鸣和火车的长笛声中。20世纪80年代改革开放初期，"发展就是硬道理"的呼唤，使这座城市开始变得躁动起来，而一波又一波的解放思想大讨论，打破了城市特有的惯性和凝固的模式，向往实现"四个现代化"的美好生活，使人们心中充满了憧憬。

　　就在1986年10月，马鞍山接待了一位长江漂流途经马鞍山市的勇士，这位叫王殿明的安徽人以独自漂流长江的勇气让钢城人佩服，特别是王殿明介绍自己冲击虎跳峡的惊险经历，更使钢城人大开眼界。

　　"船越漂越快，人越来越小，大桥越来越远；两岸的青山一闪而过，终于像离了弦的箭一样向前冲去，隆隆的水流声愈发震耳欲聋，小船开始发抖，左摇右晃。渐渐地，沉雷般的咆哮声越来越近，船体开始抖动，抖动……'哐……'橡皮舟突然失重。透过舱盖的缝隙只见一道白色的浪峰劈头盖脸地向橡皮舟压下来，紧接着又是'嘭……'，白色的浪花，从舱顶涌进船舱，洪水把小小的橡皮舟猛地一夹，五脏六腑像是被挤出胸腔。就是这样漂过了整个虎跳峡18个跌坎和3个跌水瀑布。经过6天的搏斗，率先征服了虎跳峡全程。"王殿明这样绘声绘色地向崇拜者描述着。

王殿明从武汉测绘学院毕业后，回到了家乡安徽，先后换了多份公职，最后被调至当时的省政府二办任职。为了参加长江漂流，他毅然辞去公职，加入了中国长江科学考察漂流探险队（简称"中科队"）。可是随后王殿明的长漂之旅并不顺利。在与"中科队"同行 1000 余千米，又与洛阳漂流队（简称"洛阳队"）同漂了 400 千米之后，王殿明最终与洛阳队在四川巴塘分道扬镳。独自一人，漂完虎跳峡全程，经过 159 天的漂流，于 1986 年年底到达长江入海口。创造了从长江源头到长江尾漂流 6300 千米、落差 5400 米以上的纪录，被誉为"长漂个体户"。

经《马鞍山日报》报道后，王殿明的探险经历深深撞击并激活了钢城年轻人内心不安于现状，也要闯一闯、试一试躁动的心，漂流热成为激发钢城青年探索精神的导火索，漂流的热度如同正在冶炼的钢水在不断升温，直至沸腾。

水上漂流在西方国家早已成为普及的体育运动。但在 20 世纪 80 年代的中国，当接触了解到这项运动的国人却感到十分稀罕，而开展水上漂流门槛又很低，只要有意愿和简陋的器材人人都可以尝试，然而对水上漂流存在的风险性和危险性，人们似乎还认识不足。

1983 年时，美国职业探险家肯·沃伦瞄上了中国长江，中国体育服务公司作为商业服务活动，接待美国探险家肯·沃伦，从商业服务的角度批准了来华进行长江漂流的许可。经过几年准备，组成中美联合长江漂流队（简称"中美队"），花费 40 万美元，带来了整个队伍和 9 吨的漂流物资，计划于 1985 年 8 月正式漂流长江。这事被《今日美国》等国外媒体首先披露，并称为"人类对地球的最后一次征服"。

消息传到国内，顿时引起一片哗然，强烈的民族自尊心刺激了国内的热血青年。西南交通大学的摄影员尧茂书在得知了肯·沃伦的漂流计划后，给中国体育服务公司写了封信，希望加入中美队，到美国接受漂流训练，但被以只在内部筛选为由拒绝。这次拒绝引来尧茂书的强烈反弹，他决定要抢在肯·沃伦之前出发，成为第一个漂流长江的人。"中国人的长江，理应由中国人完成首漂。"这是尧茂书接受记者采访时的回答。凭着一股不服气的劲头和民族自尊的精神，1985 年 6 月 20 日，尧茂书驾着"龙的传人号"橡皮筏从长江源头姜古迪如（藏语：狼山）冰川末端下水，开始漂流长江，在漂行了 1270 千米后，7 月 24 日，"龙的传人号"橡皮船被发现扣在金沙江通迦峡的岩石上，尧茂书遇难，年仅 35 岁。

尧茂书的遇难，并没有动摇中国人要首漂长江的意志和决心，为了抢先美国人一步，争夺第一个漂流长江的历史荣誉，十多支装备简陋、毫无漂流经验的民间自发漂流队伍奔向长江源头。最后坚持下来的是两支漂流队：一支是洛阳队，民间自发组成；一支是四川省政府支持的中科队，有多家媒体支持，资金相对充裕。

1986 年 7 月 21 日，中美队从沱沱河下水开漂。虽然肯·沃伦漂流队保持了自长江源用敞船连续漂流 1600 千米的纪录，并创造了首漂（四川白玉）叶巴至洛冷西数十千米的纪录，但由于装备损毁严重，一位随队美国摄影师又突然病逝，加之陆上救援无望，肯·沃伦本人被迫上岸，并于 9 月 13 日宣布结束漂流。而中科队、洛阳队等队伍虽漂完长江 6300 千米全程或 99% 流程，但也付出了惨痛的代价，长江漂流三支队伍共有 11 人遇难。

然而，这些惨痛的代价也无法压制住人们对江河漂流探险的激情，既然首漂长江没赶上，首漂黄河决不能落下，钢城青年的目光瞄向了黄河，长江之滨的钢城青年要在千里之外的黄河上，展现钢城人钢铁般的意志和性格。而漂流黄河已不是钢城青年一家的想法，在全国掀起的黄河漂流探险的热潮已滚滚而来，势不可当。

在平滑如镜的雨山湖上，帆板队那一面面彩色的风帆从水面划过，在波光激滟中留下道道划痕，两岸绿色葱茏的树林，成为这彩色画面的背景。岸边，马鞍山市欣新工艺美术厂的设计师汤立波着迷地伏在画板前素描写生，勾勒着美丽的图画。而这时，一个不协调的画面映入眼帘，一个高帅小伙，划着橡皮艇在湖中左突右冲，还干扰着市帆板队员的训练线路。汤立波看不下去了，大声叫喊，划艇的小伙似乎听见了，气冲冲地划到岸边。

"你在大喊什么？"小伙儿嗓门很大。

"你在影响帆板队训练,要划船可改个时间。"

"你懂个什么,我是在操练划艇,到黄河漂流去。"对方神秘而傲慢地说。

"啊?你也想漂流黄河?那我们想到一块去了,我也是加紧练笔,在漂流中把黄河的美景画下来。"讲话中充满一种浪漫主义色彩。

"你叫什么名字?"

"张大波,马钢的。你呢?"话中带有马老大特有的傲气。

"汤立波,工艺美术厂,画画的。"带有几分谦卑。

"我们双方都有波,与水有缘啊。哈哈……"双方越谈越投机,各自把如何漂流黄河的想法融进了交流,最后约定共商漂流黄河大计。而就是这两个"波",在中国漂流史上,留下了骄人的轨迹和令人崇敬的探险地位,这是后话。

自从1986年"长漂个体户"王殿明长漂途经马鞍山后,马鞍山青年关注江河漂流的热情日益高涨,别人能漂流,我们也能漂流,这种较劲不打弯、认准理九牛也拉不回头的固执个性,成为钢城人与钢铁为伍冶炼出来的特有性格。1986年下半年,钢城部分青年就已"漂"心萌动,从当年10月1日起,市欣新工艺美术厂汤立波、黄德喜等4人,在厂长陈民的鼎力支持下,以"我爱中华北部考察队"之名,骑自行车赴黄河流域开展实地考察活动,先后途经6省区,到达西宁、兰州、银川、榆林、郑州、济南等地,对黄河沿线进行实地考察。而张大波也多次到南京图书馆查阅和复印了大量的黄河地理、水文资料,并收集了报刊中漂流长江的经验及有关黄河的资料。从实地考察到资料收集,这些钢城青年们初步掌握了黄河险段、水温、流速、落差、气温和源头一带的地理情况及高原生活常识。

当汤立波一行从黄河沿线考察返回后,从1986年底就开始积极谋划、筹备黄河漂流探险活动,并自费在《马鞍山日报》上刊登了招收黄漂队员的广告。这立即引起全市关注,几天内就有三四百人报名,还有更多的来信、来电表示支持、关心和咨询。

冶金部矿山研究院试验工洪元锦,得知马鞍山在组建黄漂队后,首先报名参加。由于黄漂筹备组急需活动经费，他毅然以 1000 元的低价卖掉了自己心爱的红都 125 摩托车，成为一名铁杆黄漂者。

向山硫铁矿工人王来安、马钢焦化厂工人毛世卫等，看到报纸上招募黄漂队员的广告后，上班也没心思了，到处找马鞍山黄漂队报名点。在通过报名联系电话接触到马鞍山黄漂筹备组后，表示愿意并拿出自己工作以来的全部积蓄，支持黄漂，条件就一个，即让其加入马鞍山黄漂队，那当然是如愿以偿了。

采石矶茶干厂销售员秦德根在报了名后，生怕不被招收进马鞍山黄漂队，整天骑着自行车跟着筹备组工作人员后面转，并主动揽事，极力要表现自己。可张大波觉得秦德根人比较瘦小，担心吃不了那个苦，不愿吸收。秦德根使出最后一招儿，我有个大伯是青海省水利勘探设计院领导，带我上青海我可以找大伯帮马鞍山黄漂队的忙。这一番话可太有吸引力了。"那好，你就参加吧。"如果在青海有马鞍山老乡帮助，许多事就好办多了。

不少在校学生也充满了到黄河探险的向往，对敢于到黄河漂流探险的队员们十分崇敬。黄德喜的一个发小，还在读中学，当得知黄德喜是马鞍山黄漂队发起人之一后，拿出自己积蓄的全部零用钱，特地买了两卷柯达彩色胶卷送给黄德喜，表达崇敬、仰慕之情。在当时，两卷柯达彩色胶卷的价格，相当于普通工人一个月的工资啊。

由于长漂活动已在全国引起巨大反响，大家对黄漂更是信心满满。然而，添置漂流器材、食品以及摄像机、照相机、帐篷、睡袋等，整个预算需要 9 万余元资金。筹资成为钢城青年黄河漂流探险的第一道难关，但也得到了钢城内外企业的一定支持。

市传动机械厂厂长金铭鑫作为当时全市有影响的企业改革明星，对这种挑战自我、敢于走前人未走过的路的探险精神，心有灵犀一点通。当张大波代表漂流队筹备组上门求助，表达了坚定漂流黄河探险及为钢城人民争光的意愿后，金厂长当即就激动得热泪盈眶："我们马鞍山人缺的就是这种敢想敢闯、勇为天下先的精神，你们敢到黄河上探险，我一百个支持。"话语字字掷地有声。

作为当时改革开放有所作为的闯将，金铭鑫在全市第一次尝试实行了厂长承包制，打破了国有企业中"干与不干一个样"的大锅饭和"铁饭碗"制度，被当时媒体评论勇于改革的新闻人物时誉为"浙江有步鑫生，安徽有金铭鑫"。而黄漂探险与改革探索都面临着巨大风险和压力，都存在巨大的争议，因而金铭鑫感到从精神上找到了知音，从思想感情上遇到了同盟者。早在1986年汤立波前往黄河考察时，金铭鑫就无偿资助了1200元的考察费用。如今钢城成立了黄漂队，真正要付诸实施了，金铭鑫怎么能不高兴啊！

"要我怎么支持你们？"

"我们现在急需购买漂流筏的资金，还有需要大量食品等保障物资。"

"这个我来办，你们放心。"

几天后，张大波接到金铭鑫打来的电话。张来到市传动机械厂厂长办公室时，金铭鑫从桌子边搬出一个大纸箱，说："这是我们筹集到的5万多元钱，看看到上海买橡皮筏够不够。"

当张大波打开纸箱，只见满满一箱都是10元、5元的小票子，顿时眼眶就湿润了。"金厂长，你为支持我们漂流，把老底都拿了出来了。"张大波感动地说。

"只要你们敢于去黄河探险，我就会尽最大力量支持。"金铭鑫态度十分明确。

"我们一定要完成黄河全程漂流探险，绝不辜负金厂长对我们的期望。"张大波坚定地说。

第二天，张大波背着满满一军用挎包、饱含金铭鑫和传动机械厂职工一片心意的5万元钱，与队员洪元锦赶赴上海橡胶四厂，花了16000元钱购买了两只橡皮筏，一只是104型冲锋舟，一只是128型四人艇。正是得益于市传动机械厂的热心支持和慷慨赞助，马鞍山黄漂队有了重要的漂流器材和物资保障，使得钢城男儿勇闯黄河漂流探险活动得以实现。

与此同时，不少企业也纷纷提供了可贵的赞助。芜湖天鹅羽绒厂为漂流队优惠提供了多套天鹅牌抗寒羽绒服。该市一些服装厂安排人员加紧制作由汤立波设计的漂流队队服。市物资局金属公司将作为废铁购进、正在拆解中的国外万吨报废海轮上的一只八成新的海洋自动充气救生筏及筏内的配套救生设备提供给了马鞍山黄漂队。

马鞍山市中国人民保险公司为汤立波、张大波、洪元锦、秦德根和王来安等马鞍山黄河考察漂流队成员免费提供了团体人身意外伤害保险和附加医疗保险，两项保险金额各为 5 万元。

……

随着招收黄漂队员广告在报纸上刊登，钢城青年的探险激情被极大地调起。他们纷纷来电来信到马鞍山黄漂筹备组，表示要参加黄漂队，要为中华之崛起而献身漂流考察事业。

一位署名为"有志青年"的在来信中写道："欣闻黄河漂流考察队即将成立，作为一名青年怎能不为之而激动！我也不知道自己的能力有多大，但我愿尽自己全部的力量，乃至青春。为考察黄河而献出青春，是我莫大的骄傲与荣幸。我深知，自己的身体远不能胜于他人，但数年的特殊生活环境，造就我能战胜一切困难的自信心，而这就是能战胜一切困难的重要保证。我以有志青年的名义，恳切请求能让我参加黄河漂流考察队。"

马钢一位青年工人在来信中说："我是马钢修建部工人，今年 25 岁，身高 1.74 米，体重

马鞍山市黄河漂流队部分队员合影。前一李鹰，中排张大波（左）、钱海兵（右），后排左边打旗的是戴斌，洪元锦（中）、毛世卫（右）。《户外》杂志记者 袁颖 摄

69公斤，身体健康，会游泳。前些日子从报纸上看到你们招收黄河漂流探险队预备队员的广告后，非常兴奋。但前去报名时遭到家人的阻拦和恋人的反对，我当时妥协了。但经过一段时间反复考虑，我还是下定决心要报名参加黄河漂流考察队，不知是否为时已晚。热切希望能接收我这个迟到者。"

还有年轻人在来信中说："钢城青年敢于到黄河漂流科学探险考察，真为这种豪情壮志与坚强毅力所感染，并想极力追随，人就要在年轻时代应有所建树。知道你们在筹备中经费很是困难，我将全力帮助，以示追随诚意。"

而不少家长也表示愿意将儿子送去漂黄河经风雨，见世面。一位家长在投给报社的稿子中感情真挚地写道："儿子说要去参加黄河漂流探险队，一听说去黄河我就深深地被吸引住了。黄河是我们的母亲河，她孕育了中华民族灿烂的文化，培育了中华儿女坚毅的性格。而我那梦幻似的金色童年就是在黄河的怀抱中度过的。我爱那伴随风沙而来的春天，那顽强地冲破冰冻的土地悄悄钻出来的不知名的充满生命力的野花和小草，我爱听那仲夏夜的涛声，那漂在滚滚黄流里的原始的渔船，蹲在船头饱经风霜、淳朴善良、吸着古老水烟袋的老渔民，还有那活蹦乱跳的大鲤鱼，我爱那秋天落日的余晖照着一望无际的青纱帐似的庄稼，我更爱那银装素裹的山峰和千里冰封的河面。

"虽然我在杏花春雨的江南生活了很多年，可怎么也忘不了我的黄河，现在儿子要回到她的怀抱中，我打心眼里为他高兴，甚至还有些羡慕的嫉妒，为什么时光不能倒流，我要是能去该多好啊，这是人类征服自然的一次壮举，前所未有的首漂啊。可是我又为儿子担心，我懂得黄河，她如果发起脾气来，那可不是闹着玩的，黄河水急、浪高、奔腾、叫啸，如狼似虎，还有那些跌水、暗流、峡谷。我小时候就听到老一辈人说，黄河九道湾，赛过鬼门关。黄河之水天上来，不是诗人的夸张。我不能让他去，如果出了什么意外，我会后悔一辈子的。但我又深深理解儿子，他有自己的理想和抱负，他有自己的性格，他不喜欢无波无澜、平平静静的生活，他喜欢惊涛骇浪，追求新奇的事物，如果我不支持他，反而像老母鸡一样把小鸡捂在自己的翅膀底下，或者像带小鸡一样咯咯咯找食喂他，这是求生存，而绝不是生活。如果硬要以照顾我的理由留住他，也许他会勉强留住，但看着其他同志凯旋，即使他不埋怨我，我也会无颜以对。他之所以决定去漂流黄河，除了他的性格所决定以外，还有黄河是妈妈故乡的河，也许这是感情的渊源吧。

"一束月光从窗外透进屋子，看到儿子睡得正香，脸上浮现出甜甜的微笑，准是梦见黄河了，听到了她的召唤。人生能有几回搏，就让他去搏一搏吧。也就在这时，我决定了，决定明天，就是明天，我一定高高兴兴送他去漂流黄河。"

尽管钢城青年自发漂流黄河出于朴素的爱国主义情怀，但毕竟打着代表马鞍山市的旗号，既然挡不住钢城青年决心要漂流黄河的势头，那就得做好引导。而马鞍山黄漂队也期盼得到政府的支持，在给市委、市政府写的信中表达了自己决心漂流黄河，为钢城人民争光的信念。信中写道："希望政府能帮助进行组织领导，帮助与黄河沿线地方政府联系给予漂流方便等，并为我们漂流队配备随队记者和武警。我们决心为马鞍山30万人民争光获誉。80年代的马鞍山人民闯关探险不乏其人，钢城人岂能袖手旁观他人的壮举！我们决心征服黄河，把黄河源头的奇景、风土人情、波涛澎湃的黄河风光带回我市，把我市的产品、钢城的文明宣传到黄河沿岸。"

不可否认，在20世纪80年代，当人们从多年的压抑中挣脱出来，特别是血气方刚的年轻人，更是渴望通过多种方式来实现自我价值。而当无从选择自己命运的时候，就会在选择冒险的道路上寻找机会来表现自我，一旦功成名就，命运和人生会有所改变，而黄漂或许就是改变命运的机会之一。尽管他们还不能认识拼搏精神的深刻内涵，但从中却展现出那个时代年轻人所具有的独特气质，那就是纯真。

第二章　一石激起千重浪

为了向全市人民宣传漂流黄河的意义和决心，正在筹备中的马鞍山市黄河漂流探险队由汤立波起草了《致全市人民一封信》，并自费在3月份的《马鞍山报》广告版上刊登了出来。

信中，他们向全市父老乡亲们表示：通过考察漂流黄河，进一步了解祖国的山河面貌，使我们更加热爱伟大的祖国，同时在与大自然的搏斗中锻炼成长。我们都是本市成长的青年，热爱自己的故乡，我们想通过漂流考察黄河为我们美丽的马鞍山争光。

信中还提出，由于是自发组织，尽管大家拿出了全部积蓄，但购买的漂流器材仍十分简陋，除了两只橡皮筏、两顶小帐篷外两手空空，6个月的黄漂期间的食宿费用也均要自理，我们非常需要装备器材、物品和资金的不断补充。尽管困难很多，但我们决心实现首漂计划，困难阻止不了我们钢城青年的意志。我们深深知道，我们的行动必须依靠市委、市政府和全体市民的理解、支持和帮助，我们也渴望得到全市厂矿企业的赞助，我们决心代表马鞍山人民驾驭黄河这条巨龙。

一封信的刊登，顿时在全市引起轩然大波，政府部门也感到难堪，打来电话责问，谁允许刊登这封《致全市人民一封信》的，经过审核了没有？一个自发黄漂组织能代表马鞍山吗？这是在胡闹！结果从报社总编到记者编辑、广告部主任都吃了批评。

客观来说，虽然是以付费广告的形式，但作为党报，在未经审查、批准的情况下刊登《致全市人民一封信》是有些莽撞，欠考虑，误导市民认为是政府行为。但这封信在市民中却引起很大反响，支持、报名要参加黄河漂流考察队的市民剧增，更为重要的是吊起了市民关注黄漂活动的胃口，聚焦了大家关注的目光。从市领导到市民都知道了，马鞍山有个自发组织的漂流探险队要到黄河上漂流探险，开展科学考察。

漂流探险属于户外体育运动范畴，但政府体育主管部门对这个上面还没有认定的漂流探险体育运动项目，采取了谨慎态度。但声势已经造出去了，看着势头也拦不住，市政府既然知道了就不能撒手不管。这时，市领导想到了一个人选，马鞍山市总工会下属的工人文化宫分管群众体育工作的管亚楠同志。

在马鞍山市，管亚楠可是出了名的人物。出身老干部家庭，随父母筹建冶金部矿山研究院从东北来到马鞍山选址建设，并扎根在了马鞍山市。他给人印象最深的是东北人那种豪爽助人义气，谁要是有个困难，只要找到他，都会两肋插刀。作为时任市工人文化宫副主任兼群众体育科科长，管亚楠在负责全市职工群众体育工作中，先后担任摔跤队、柔道队、篮球队、游泳队和自行车队等多支群众业余体育队伍的教练，不仅在赴省参赛中屡屡摘得名次，而且为省、市体育运动队培育和输送了众多的体育人才。他还多次出任全国比赛裁判工作，在全市 14 个体育协会中担任领导班子工作，可谓桃李满钢城。不仅市领导对他刮目相看，而且钢城的小青年更是把他当作偶像来崇拜。因而让他出面，以群众业余体育活动的名义来整合民间发起的黄漂活动，确实是最佳人选。

马鞍山市工人文化宫，摔跤练功房里，教练管亚楠正带着一班业余选手进行摔跤训练。练得正起劲时，一个工作人员跑了过来，"办公室有你的电话，赶紧去接一下"。"什么大事呢，这个时候来电话？"他嘴里嘟囔着，但还是披上运动服，奔到二楼的办公室。

电话的那头响起一位领导熟悉而急切的声音："市里有些年轻人要自发黄河漂流你知道吧？"

"知道，我们摔跤队不少队员还在跟我讲这件事，要参加漂流呢。"管亚楠应声答道。

"你能否出面把我市小青年黄漂的事组织引导一下啊?"电话中的声音很诚恳。

放下电话,管亚楠感到此事非同小可,随即向工人文化宫书记兼主任卜恒林做了汇报。在得到支持后,管亚楠果断担起了重担,并找到在马鞍山市小有名气的马鞍山报社记者李鹰,协助开展队员选定、漂流活动计划安排,以及后勤保障、漂流宣传报道等一系列筹备工作。而市工人文化宫成了黄河漂流筹备组的大本营。

管亚楠深知,漂流黄河说来容易,但真正付诸实施,那就是个巨大的系统工程了。但既然答应了,开弓就没有回头箭。他按照体育运动队的组建模式,在工人文化宫教室开班,给大家讲强身健体、冷水浴方法、如何水中睁眼睛、水上自救等一系列与水上运动有关的课程。并组成了马鞍山黄漂队筹备组领导团队。管亚楠担任总教练,报社记者李鹰负责宣传和媒体联络工作。工人文化宫群众体育科负责接待黄漂报名、登记工作等日常事务管理。同时市工人文化宫还腾出两个活动室,一个用来进行体能训练,一个用来存放社会各界赞助的物资。还腾出一个教室作为开会和上课培训使用。每天晚上,黄漂筹备组人员都要开碰头会,安排黄漂工作训练、器材购置等工作进度,研究破解遇到的难题。对报名参加黄漂的人员进行体质和游泳训练,进行军训增强组织性和纪律性,从中挑选品德好、体能好、水性好、心态稳的黄漂队员。同时积极联系媒体部门、政府有关部门和企业,争取物资、装备和宣传上的支持。

黄漂首先要对队员们进行漂流训练。由于在上胶四厂订购的橡皮筏还未到货,那就先用市物资局金属公司赞助的海洋救生筏做水上训练吧。当把这八角形的海洋筏充上气放漂到雨山湖时,却发现筏底有漏气,又赶紧把船抬出来,找来最好的胶水进行修补。好歹算是有个漂流训练的工具了。

为了解决马鞍山黄漂队食品供应等后勤支持问题,管亚楠在向市领导汇报后,又通过金铭鑫上海朋友的帮助,带着队员洪元锦来到上海食品公司,求援到了包括军用压缩饼干、锡箔包装军用肉罐头、铁罐午餐肉、巧克力、麦乳精、袋装干粉葡萄糖和瓶装饮用水在内的5吨多食品。一并托运回了马鞍山，存放在市工人文化宫。

黄漂这事，听起来热闹，可真正操作起来就不那么简单了。这些要自发黄漂的小年轻，个个争强好胜，一人一个主意，谁也不服谁，真是一盘散沙。要把这帮"草头王"整合到一起，还真够管亚楠费了一番脑筋。

在钢城自发漂流黄河的青年人中，张大波个性最强。这个时年24岁的马钢民建公司工人，天生就有种散漫劲儿，行事向来是我行我素。在看到长江漂流的报道后，就想学尧茂书，要自发漂流长江，也没心思上班了，成天骑着摩托车转悠筹划漂流活动，还弄了个皮划艇就在雨山湖里练划桨。看到黄漂热兴起后，又想要独自去漂流黄河，想法一天三变。黄漂筹备组每次组织开会，就他意见最多，嗓门最大，又喜欢吹嘘，因而人们给他起了个外号"大喇叭"。

而25岁的汤立波则显得早熟。这位市工艺美术厂的工艺设计师不但在绘画、家居设计和室内装潢等方面多才多艺，而且还是个细心缜密之人，年纪不大却显得老成持重，遇事有办法，很有人缘。他从1986年就开始周密筹划黄河漂流活动了，并和同事们骑着自行车到黄河沿线考察，详细记录下黄河上游沿线的峡谷地貌、水情等，并绘制了黄河上游沿线漂流的路线图。返回马鞍山后，于1987年初起草了《告全市人民一封信》，在报纸上发布招收黄漂队员广告，到各企业寻求赞助，都是他主导操作。他也被大家信赖地称为"汤总管"。

与汤立波一个单位的黄德喜近1.8米的个头，虽然平时沉默少语，但也是个铁杆黄漂，为了表达漂流黄河的坚毅决心，甚至把自己原来黄德喜的名字也改为"黄毅"。但朋友们都喊惯了他的外号"老鸹"，以致他的本名倒淡化了。

个头同样高挺的王来安，是当时化工部马鞍山向山硫铁矿动力车间工人，为了漂流黄河，他拿出全部积蓄购买摄影器材，要在漂流中拍下黄河的壮丽风光。由于性格直爽，快人快语，有话就讲，被同伴们戏称为"大牙"，即大嘴巴直言快语的意思。

身材硬朗、人又帅的洪元锦是马鞍山冶金部矿山研究院的一名试验员，性格沉稳又有主意，虽然话不多，但为人敞亮大气，在关键时刻总能想出办法化危为安，还有一手快速野炊的手艺，这在野外露营派得上用场，被大家称为"洪大厨"。

身体健硕的钱海兵是马钢一钢厂技术科热工组工人，爱好就是健身、冬泳和摔跤，业余时间都在市工人文化宫摔跤房度过，是马鞍山市摔跤教练管亚楠的得意弟子，被同伴们称为"小板汉"。组建黄漂队，管亚楠首先就看中了他。

毛世卫是马钢焦化厂工人，平时就爱好体育健身，曾在全市长跑比赛中获得第四名，不仅身体结实耐力好，而且为人义气善交际，能说会唱有口才，还能弹得一手好吉他，被选中加入黄漂队后，由于年龄只有19岁，总被人当作小毛孩使唤，喊顺口了，"毛毛"就成了他的代名词。

王越明是马鞍山沪皖针织厂工人，作为上海援建马鞍山市的国企职工，既精明，又为人淳朴能吃苦，懂技术，因而在黄河漂流中，漂流装备遇到故障或受到轻微损坏，可以自行修理，为漂流器材完好提供保障，被大伙儿戏称为"王工"。

苗玉玺是马鞍山火车站的货运员，身材魁梧，结实有力气，也是市摔跤队队员，由于是铁路职工，可帮助队员解决在铁路乘车上遇到的难题。

灵活机巧的马鞍山采石茶干厂销售员秦德根，在看到招收黄漂队员广告后，积极报名参加黄漂，不但表示愿意提供资金支持，还积极帮助出主意想办法，骑个脚踏车四处联络，显得十分活跃，但同伴们并不看好他，由于总是爱在别人的意见和主意上发挥创意，被戏谑为"小金豆"。

钢城黄漂队伍的组织和训练紧锣密鼓进行，而全国各地组建黄漂队争抢黄河第一漂的报道也不断见诸报章，钢城小伙子们也沉不住气了，他们也要逞个强，抢夺"黄河第一漂"。组队提上了议事日程。经过严格筛选，确定了由总指导管亚楠，宣传后勤保障李鹰，张大波、汤立波、王来安、洪元锦、黄毅、秦德根、王越明、苗玉玺、夏忠明、毛世卫和钱海兵等组成"爱我中华马鞍山黄河漂流科学考察队"（简称"安徽马鞍山黄漂队"）为首批队伍成员。

在当时的环境下，要想师出有名，就得有相关部门出具的介绍信，而介绍信就是地方政府部门接待的依据。如果漂流探险活动属于户外体育运动的范畴，应由市体委出具介绍信，可是市体委因没有得到上级部门将漂流探险活动列入户外体育运动项目的文件，表示了爱莫能助的无奈。

于是大家动脑筋，寻求新的渠道。找团市委去，张大波提出了这个想法，既然是由青年人组成的漂流探险队，团市委理应支持。而团市委对钢城青年人黄河漂流探险的精神，也给予了肯定，团市委主要领导先后多次接待上门的张大波一行，但思来想去，觉得没有得到上级明确支持的意向，再加上由团市委出具的介绍信是否管用也心存疑虑。最后还是建议到市体委再做做工作，由他们出具介绍信比较名正言顺。

这条路也行不通了，怎么办？

就在万般无奈时，负责黄漂宣传工作的《马鞍山日报》记者李鹰提出，既然到黄河漂流也算是科学考察，能否到科技部门去试试？于是登门找到市科协，市科协在听取了黄漂筹备组介绍黄漂组织情况和钢城青年人漂流黄河的决心后，认为对年轻人的科学探险精神应该鼓励和支持，更重要的是在当时保守有余、创新精神不足的社会风气下，由青年人开创勇于探索的风气之先，借此推动全市科技工作解放思想，形成勇于探索创新的新局面也有益处。

出于这些考虑，马鞍山市科协以敢于担当的勇气，为马鞍山黄河漂流探险考察队出具了介绍信，介绍信中恳请黄河沿岸的地方科协组织为马鞍山黄河漂流探险队的活动提供帮助。天下科协是一家，正是这封介绍信，为马鞍山黄漂队在黄漂初期遇到困难时，得到黄河上游青海省、市、县各级科协的帮助，起到了至关重要的作用。

可就在出发前，在市工人文化宫群众体育科办公室商议奔赴黄河源头的漂流队队长人选时，又炸开了锅。有人选张大波，理由是张大波拉到的赞助多、能说会道人活络、个子高形象好；有人选汤立波，理由是汤立波有考察过黄河的经历、处事稳重有主意、能团结大家人缘好。双方各有理由，争执不下。而张大波又使出性子，要脱离队伍自己单独去漂流黄河。

这时管亚楠发火了:"大家都是一个目标为黄漂走到一起的,实现漂流黄河壮举靠的是团队精神,到了这个时候,你们还为一个队长名分争来争去,真让人泄气。"

到底是汤立波大局观念强,主动提出:"漂流黄河是大家共同愿望和意志,不要再在队长人选上做无谓之争了,就让大波当队长吧。"

在统一大家的意见看法后,管亚楠提出了折中意见:"张大波、汤立波都担任队长,但各有侧重,对外发布消息和接受记者采访事宜由张大波负责,财务管理、具体漂流路线、时段和分段漂流人员安排以及资金统一保管使用等由汤立波负责。大家要齐心协力,团结一致,确保安全,顺利完成黄漂任务,平安归来。"

为选择最佳出发时间,组建后的马鞍山黄漂队在查阅了黄河源头气候等大量资料的基础上,综合分析国内各支黄漂队进展信息,确定了3月20日出发,力争第一个抢上黄河源头。这也是马鞍山黄漂队基础准备工作扎实的表现。

1987年3月20日晚8点,第一批队员张大波、汤立波、王来安、洪元锦、黄毅、秦德根,每人行囊里背着20多公斤的食品,带着104型、128型两只橡皮筏、船桨等漂流器材在马鞍山火车站集合,转道南京,开始了奔赴黄河源头的探险之旅。出发前,管亚楠与队员们一一握手道别,紧紧拥抱,再三叮咛安全第一,而队员们这时也都拿出了事先写好的遗书交给管亚楠,表示黄河漂流探险是自觉自愿的行为,如果出事后果自负,展现出一种视死如归的勇士气概,大有"壮士一去兮不复返"的悲壮豪情。

而第二批队员毛世卫、王越明、苗玉玺、夏忠明,则于3月21日背着装满食品的沉重行李,带着海洋救生筏、野营帐篷、睡袋等,乘晚9点火车离开马鞍山。李鹰等前往火车站送行,临行前大家紧紧拥抱,仿佛生离死别一般。

第三章 "娃娃敢死队"亮相

"自古英雄出少年。"马鞍山黄漂队由 13 人组成，平均年龄才 22 岁，但在那个充满了激情与梦想的 80 年代，这些血脉偾张的热血青年凭着一股"初生牛犊不怕虎"的勇气，以永不回头的精神，带着简陋漂流器材，怀揣着只够乘车的路费，少年壮志不言愁，毅然冲上了黄河漂流探险战场。这与河南黄漂队集聚了中国江河漂流精英的实力、北京市青联组建的黄漂队精良装备和雄厚保障相比，简直不可同日而语，因而被当时媒体称之为黄河上的"娃娃敢死队"。然而就是这不见经传的"娃娃兵"，在黄河惊涛骇浪中上演了一场场"出生入死"的大戏，感染和激励了黄河两岸无数人的爱国主义激情，让世人刮目相看。

1987 年 3 月 20 日晚 8 点，马鞍山黄漂队首批队员踏上了征程。从马鞍山火车站出发，在南京转车登上 3 月 21 日早 2 点 03 分开往西宁的火车。车上乘客很多，携带的行李挤满了车厢过道，根本就没有座位，队员们被挤散，分散在几处车厢连接处的锅炉间边，因带了橡皮筏、救生衣、船桨、打气筒等装备，行李超重在火车上被加收了 20 元钱。

汤立波坐在过道上，闷热的车厢内散发着一股咸鱼似的腥臭味，听着火车行进时发出的单调而有节奏的"哐当哐当"声，使人昏昏欲睡，但来回到锅炉间接水的人们，又不断把他撞醒。想到此行前途未卜，想到什么是人生意义，想到今生漂流黄河夙愿即将实现，心中感慨万千，他索性从包里拿出笔记本，垫在摇摆不定的膝盖上，写下自己此时的心情："愿我们都能从心出发，去选择努力，选择方向，选择生活，去想去的地方，停留在想停留的地方，做自己喜欢的事，活出自己想要的美丽人生。没有人的人生是完美的，但生命的每一刻都是美丽的。生活并不是有很多很多的工作，也不是有很多很多的绝望，我们做一件事并不是想要得到谁的称赞和羡慕，也不用假装坚强和懂事，它是可以很美丽又很动人的。"

车直到兰州站后，车厢内才稍有稀松，汤立波、黄毅和秦德根等得以会合。3月22日夜12点40分，火车到达西宁站。下车出站后，看到张大波、洪元锦、王来安在招手，大家心情都很振奋。先住进车站附近的兰州军区西宁转运站招待所。正好有个住6人的房间，大家洗了个热水澡，呼呼大睡，一解旅途上的疲倦。

到达西宁后，张大波和汤立波带着马鞍山市科协出具的介绍信来到位于省政府内的青海省科协，受到了热情接待。他们对马鞍山市黄漂队来到青海表示欢迎，并对其勇于征服黄河的精神表示钦佩。同时青海省科协的同志也特别提醒马鞍山来的黄漂队："黄河落差很大，水流凶险，旋涡众多，所以船只无法在黄河上驾驭，黄河两岸的村民自古以来都是靠羊皮筏作为两岸往来的交通工具。在漂流中一定要保护好自己，注意安全。"

在细心询问队伍人员组成、身体状况、行动路线和需求后，青海省科协很爽快地为马鞍山黄漂队出具了一份介绍信，介绍信是写给青海省玉树州和果洛州科协的，要求为安徽省马鞍山黄河漂流探险队给予方便，并盖上青海省科协的公章，落款时间为3月26日。首次来到青海省科协就得到对方如此热情关怀支持，使队员们都很高兴，那忐忑不安的心也踏实了。

当队员们来到西宁市科协时，也受到热情接待。对方还出具了首份马鞍山黄河漂流考察队到达西宁的证明信，这被队员们形象地称为黄漂路上的"通关文牒"。当得知到玛多县城的客车票一票难求，而队员们又怀着上源头的急迫心情，西宁市科协同志马上打电话与西宁长途客运站联系，求得对方帮助。

在等待出发的几天里，漂流队员也没闲着，大家将身上总共带着的2000余元钱，集中起来使用，买了2部海鸥DF照相机及2个闪光灯，花了600元钱，买胶卷用了320元钱。还采购了一个高压锅、几瓶酒精、100

袋方便面、50块大饼，几十瓶（袋）酱菜等，解决旅途中吃饭等问题。

返回驻地，大家酒足饭饱，倒头蒙被呼呼大睡，而此时汤立波却难以入眠，眼前看来一切顺利，但前程还有哪些艰难险阻难以预料，他不由得拿出青海省地图，对着地图上黄河上游沿线的城镇，提笔在笔记本上密密麻麻地写着行动计划方案。

夜深了，青藏高原上的西宁市天空满是星光，星星在眨着眼睛，汤立波伸了个懒腰，正准备入睡，突然想到，离开马鞍山时走得较急，不少事情还未交代清楚，而后勤保障的跟进更是不可或缺，想到这里，他又返回桌前，代表奔赴黄河源头前线的马鞍山黄漂队全体队员挥笔给报社李鹰记者写了一份《委托书》，内容如下：

我们自发组织的黄河漂流考察队已登上征程，我们愿在暴风雨中经受千锤百炼，我们愿在建市30周年之际，谱写我市新的史篇。

我们经过半年多的筹备，收集掌握了大量有关黄河方面的资料，同时也耗尽了个人的积蓄，现在我们除了两只橡皮筏和两顶帐篷外，几乎两手空空，我们的条件极其简陋，但我们决心已定，我们已开始奔赴黄河源头，我们一定要为30万钢城人民争光。我们深知，我们的这次漂流探险活动要依靠钢城人民的理解和支持，才能成功。我们在漂流中需要物资和财力的不断补充，我们恳请全市人民和曾经支持过我们的单位和个人再进一步给予我们帮助。

在黄漂筹备工作中，我们了解的几位同志作了大量组织和后勤保障工作，由于走得紧迫，走得匆忙，未来得及委托聘请。现在我们郑重委托《马鞍山日报》记者李鹰同志，市工人文化宫群众体育科管亚楠同志，省体工队教练谷和永同志以及市港务局林雪平同志，市传动机械厂贾国民、郑德平同志，市个体协会团支部副书记杨师同志等，为马鞍山黄河漂流探险队帮助做好后勤保障工作。并请市报社转达我们的委托，不胜感谢！

敬礼

顿首

黄漂队队员　汤立波、张大波、黄毅、

王来安、洪元锦、秦德根

1987 年 3 月 26 日晚于青海西宁

当把这一切做完后，已经东方微晓，而汤立波又度过了一个不眠之夜。

几乎与此同时，3 月 25 日的《马鞍山日报》"星期六"周末版上，刊发出《我市一支考察漂流队直捣黄河源头》的消息报道。

我市 13 名青年自发组成的"马鞍山我爱中华黄河考察漂流队"，于 3 月 20 日和 21 日分两批于深夜踏上惊心动魄的征程。

打去年我省王殿明首漂长江壮举后，我市青年萌发了征服黄河的雄心，去年 10 月以后，市欣新工艺美术厂 4 名青年先头骑自行车沿黄河实地考察，收集回来了大量黄河险段水文资料，并且自行集资购买了漂流筏、帐篷及救生器材，经过半年多的准备，凑足路费，选定在 4 月中旬的最佳漂流季节，闯上黄河源。

漂流队员来自马钢等近 10 个单位，平均年龄 22 岁，他们将乘火车到达青海西宁，然后换乘汽车到达星宿海，再徒步几十千米直捣黄河源头。

在西宁期间，由于首先只拿到 3 张开往玛多县的长途客车票，3 月 27 日早 9 点，张大波、汤立波、洪元锦 3 人率先登上西宁开往玛多县城的长途客车先行出发。整个路程要两天一夜。汽车在险峻的山路上颠簸行进，车窗外一个又一个山丘从眼前闪过，树木稀少，山腰、河滩上残存的雪地在灰黄色的高原上显得分外醒目。

时至傍晚，客车在一个叫在河卡的小镇停了下来。乘客们要在此住上一夜。

第二天一大早，客车准备继续上路时，几个寺庙僧侣和一个藏族同胞携带着大包小包赶了过来，要去玛多县城。由于行李架在客车顶部，这位藏族同胞一手扶梯，一手拎着行李，怎么也提不上去。

已上车的洪元锦见此状，立即招呼几个队友下车，大家连举带托，帮助这位藏族同胞把大包小包安放到车顶上的行李架上，并用绳子系紧。这位藏族同胞很是感动，上车后连连说着"突及其，突切那"，队员们听不明白，经车上人指点，原来是藏语"谢谢"的意思。

客车在漫漫旅途中穿山越岭，一路大都是上坡，海拔 4000 米的高原缺氧，汽车发动机的效能也只能达到 60% 左右，尽管发动机在吃力地轰鸣，但速度还是慢慢吞吞，百般无聊中，大家开始轮流唱歌来活跃气氛。张大波吼着嗓子，唱起当时最新流行歌曲，费翔的《冬天里的一把火》，"你就像那一把火，熊熊火焰温暖了我……"汤立波接着跟上一曲《跑马溜溜的山上》，而一边的洪元锦歌唱不来，就说，"我来讲故事吧"，于是就讲起一个从书上看到但印象深刻的故事。

这个故事说的是在清光绪年间，江苏的贾先生替老板出门去收账，当收得银圆 1800 多块后，已是口干舌燥、疲惫不堪，就来到一家名叫"十六铺"茶楼，喝了点茶后，就急忙赶回去交差。可回到商行他突然发现装着银洋的皮袋子不见了，顿时如雷轰顶、大汗淋漓。这在当时可是一笔巨款啊，他如何赔得起呢，于是绝望地大哭起来。

话说就在贾先生离开茶楼后，进来了一位浦东人义先生，因经商运气不好，老本赔了个精光，正好那天买了船票准备渡江回乡。因为开船时间还早，也来到"十六铺"茶楼，想慢慢喝着茶来消磨这段时光。义先生刚坐下，就发现身边的椅子上有个皮袋子，许久不见有人来取，提了提感觉沉重，于是打开一看，竟然全是光闪闪的银圆。这可真是一笔大财啊，有了它不但可以改变自己穷困潦倒状态，而且后半生衣食也有余了。

但他转念一想：不行，钱财是各有其主的，这钱我不能要！如果我把钱拿走了，失主因此而丧失名誉，甚至失掉性命，我的罪孽可就大了。"不义之财不能取"的道理大家都知道。于是义先生等失主一直到掌灯的时分，茶客都回家去了，只剩了义先生一人，他仍然聚精会神地注视着过往的人……

突然，他看到一个人面色惨白、踉踉跄跄地朝这里奔来。来人正是贾先生，他径直向义先生桌子走来。义先生看得出他就是失主，笑着对贾先生说："你掉了钱袋吗？我等你很久了。"义先生说着拿出那个皮袋子。贾先生感激得浑身颤抖，千恩万谢地说："您真是我的救命大恩人哪，没有您，我今晚就要上吊了！"

贾先生不知如何酬谢才好，于是说："那我请您喝酒，好吗？"义先生坚决推辞。最后，贾先生说："不谢，我心怎安！明天早晨在下在这酒楼恭候，恳请恩公大驾光临，不见不散。"说罢一揖，掉头走了。

第二天早晨，义先生居然来了。贾先生正要施礼再谢，义先生却抢先道谢，说："多亏你昨天丢了钱，让我捡回了一条命。"这也让贾先生一头雾水。义先生接着说，我昨天原定渡江回乡的，已经买好了午间一点钟的船票，因为等你领回失物把登船耽误了，回到住处得知，那条船行驶到半途被急浪打翻，船中23人性命堪忧。"

"我如果上了那船，岂不也生死未卜吗？是你救了我的命啊！"说罢再拜。周围的客人们听了都啧啧称奇，说义先生一桩善举挽救了两条人命。

上车的那位藏族同胞懂些汉语，听明白了故事，禁不住说道："人有善念，天必佑之。"他觉得这几位帮助提行李的年轻人还挺仁义友善的，于是和洪元锦交谈起来，队员们知道了这位藏族同胞名叫格祥。由于年龄也和马鞍山的黄漂队员们相近，大家共同语言也就多了起来，于是围绕藏传佛教，当地藏族同胞的风俗、生活习惯等，向格祥请教。

在聊得越来越投机后，格祥问道："你们从哪里来的，要到那里去？"

洪元锦很自豪地说："我们来自安徽省马鞍山市，这次是要登黄河源头去考察，还要漂流黄河呢。"

格祥听得嘴张得老大，"你们就是来漂流黄河的？我知道。到处都在说这个事。"

"正好，我家就住黄河源头的曲麻莱县麻多乡，我是乡里小学教师，还兼乡里的会计，我可以带你们去。"格祥以藏族同胞特有的热情爽快地说。

这下轮到车上马鞍山黄漂队员惊愕了,谁也没去过黄河源头,大家正为如何上源头发愁呢,这真是"久旱逢甘霖,他乡遇知音"啊!大家一下围到格祥的身边,详细询问到源头如何走,要带什么装备,源头天气是否寒冷。他们有着问不完的问题。

"到黄河源头是没有路的,车子更开不上去,要靠骑马才行。"格祥一一讲解着……

3月28日下午5点30分,客车到达了玛多县城,天还是大亮的,由于时差,那里要到晚上9点才天黑。由于格祥在玛多县城亲戚和熟人多,在他介绍下,黄漂队员先在一个老大妈家中住下,为了不麻烦人家,漂流队员每人还交了2.5元的住宿费。大家约好等格祥在县城办完事后一同出行。同时也等待后批坐车上来的队员。

玛多是新中国成立后在荒芜草滩建成的一座高原小县城。玛多,藏语意为"黄河源头",隶属青海省果洛藏族自治州,是黄河上游第一县,海拔在4200米以上,年平均气温零下4摄氏度,属高寒草原气候。这里是中原腹地进入青藏高原的驿站和渡口,是进入黄河源区的大门,故称"黄河沿"。高原、山川、雪山、草地,成群的牦牛和雪白的羊群,构成这里独有的风景。

第二天,张大波等3人早早起来,热情的房东老大妈准备了热腾腾的酥油茶和奶酪。首次品尝到当地的饮食,在南方长大的这些漂流队员还真吃不惯,但为了适应当地风俗,大家还是很高兴地就餐。然而,一回到房

漂流队员们与玛多县黄河源头地区黄金哨卡人员合影。前排左起秦德根、黄毅、张大波、王来安、洪元锦。后排右起汤立波、格祥、黄金哨卡3位工作人员

间每人又吃了一包方便面。

上午出门，首先来到玛多县政府礼节性报到，请当地政府在路线图上盖个章，证明马鞍山黄漂队到达玛多县。之后带着青海省科协出具的介绍信拜访了当地科协，同时希望能帮助解决前往黄河源头的交通工具，均受到对方热情接待，对方表示尽力安排，并安排他们一行免费住到县政府招待所。

由于"黄河第一桥"就坐落在玛多县城边，自然吸引着大家的兴趣。在县科协办完事后，大家直奔黄河大桥浏览风光。这座 1966 年在原址开工修建的黄河大桥，为 5 孔钢筋混凝土组合桥梁，是联通西宁与玉树的唯一陆地交通要道。在当时来说，这座桥把两岸的山川草原连接在一起，结束了千百年来这里的民众只能靠羊皮筏过河的历史。时值 3 月，黄河上游河道还处在冰封状态，静态的冰面与远处披挂皑皑白雪的雪峰，构成黄河源头区特有的旖旎风光，如同一幅凝固的西洋油画。

此时，队员们却无心观赏风景了，从低海拔的江南登上海拔 4000 多米的青藏高原，尽管出发前已有思想准备，带足了"晕海宁"等防晕车的药品，但真正身临其境，因空气中氧气稀薄引起的高原反应还是让他们一时无法适应。身体沉重如大山般压下来，头像炸裂般地疼痛，口腔溃疡，嘴唇浮肿得像气球，连手指甲盖都瘪了下去，而低温严寒气候更是雪上加霜，重感冒、发烧，使这些身体壮硕的小伙子们扛不住了，纷纷住进了医院，打针吊水，吸氧，补充葡萄糖，折腾得一宿无眠。

3 月 29 日晚上 5 点左右，从西宁乘坐另一辆客车的王来安、黄毅和秦德根 3 名队员到达了玛多县城，6 名队员再次会合。

第四章　奔赴黄河源头

作为一个民间自发漂流黄河的队伍，马鞍山黄漂队装备就已十分简陋，而自备车辆更是一种奢望。如何上黄河源头，完全要靠自己想办法。

3月30日是星期一，一大早队员们就起床了，洗漱后每人吃了一包方便面，准备出发。从玛多县城到达源头还有好几百千米的路程，由于到源头方向没有长途班车，队员们来到玛多县政府，寻求车辆支援。在找到县政府办公室王主任后，对方感到犯难，县政府就几辆北京吉普，随时待命供县主要领导下乡之用，加之吉普车也无法装载马鞍山黄漂队全部队员以及漂流装备、行李等，要车的事没门了。

既然县里无法安排车辆，那就只有自己想办法搭便车了。大家冒着寒风蹲守在省道公路边，只要有开往源头方向的汽车，就挥手请求捎带。一辆又一辆车过去了，但都没有停下。直到下午1点45分，几近失望的黄漂队员终于拦停了一支到黄河源头淘金的解放牌卡车车队。大家与司机反复解释商量，并拿出200多块钱给司机作为油费，司机终于勉强答应了，队员们一扫倦容，手忙脚乱地把携带的漂流设备、行李和物品搬上车，与同行的格祥一起，挤在装着汽油桶和货物的车厢上，向黄河源头进发了。

呼呼的寒风从耳边穿过，大家忍受着刺骨的寒冷和痛苦的高原反应，在颠簸的沙石路上拼耗着体力。下午4点，汽车到达了鄂陵湖。大家顿时振作起来，对汤立波来说，为了漂流黄河，早就从书本上对黄河源头的地理风光温习了多次。鄂陵湖（面积约610平方千米）、扎陵湖（面积约526平方千米），两湖海拔都在4200米以上，是黄河源头两个最大的高原淡水

马鞍山黄漂队队员搭乘往黄河源头采金的解放牌汽车

湖。书中描写的鸟瞰河源景色，两湖宛如黄河母亲两只深邃的大眼睛，明亮而有神，是黄河源头一道美丽的风景。

然而第一次见到鄂陵湖，映入眼帘的却是千里冰封，厚厚的冰层在阴沉的天空下一片寒光，而周围的草原呈现出枯黄凋零的景象，难有书本上的那种诗情画意。

汽车继续前行2小时后，见到扎陵湖，同样一片冰封雪原，与队员心目中浪漫的想象相距甚远。

那前面的星宿海又是什么风光呢？书本上描绘，黄河自源头流出，河道渐宽，形成大面积湿淤地（沼泽地），开阔的滩地上散布无数个小水潭，周边开着无数奇异的小花，在阳光映衬下熠熠发光，从空中鸟瞰就像是晴朗夜空中繁星似锦的美景，天地人间浑然天成，被地理书籍称为"星宿海"。而格祥则解说，当地人把这个地方叫作"水纳滩"，把小水潭称为"海子"，这些"海子"大的有数千平方米，小的仅有几平方米，是藏民族

黄河源头星宿海和扎陵湖，远处是鄂陵湖

的圣地之一，从远古至今流传出各种各样美丽的传说。

　　汽车在星宿海之间穿行。严格地说，这里是个盆型湿地，由于正值冬季，道路两旁的草甸、沼泽地被冻得硬邦邦，天上刮着大风夹着飞雪，扬起漫天遍地的黄尘，队员们沿途观望，眼中完全找不到心目中想象的美感，倒是汽车在冰冻的道路上后轮爆了胎。天已渐渐暗了下来，为了赶路，大家纷纷跳下车，秦德根人小灵活，钻到车底协助司机在汽车后桥上支千斤顶，而洪元锦和黄毅则用套筒、撬棍等工具，使劲地拧下车轮上的螺丝，张大波和王来安也同时从车后部卸下汽车备胎，队员们都很卖力。而司机和货主在边上抽着烟，眯着眼，心里暗暗庆幸，捎带这些黄漂队员还真划算，既赚到油费，又有免费劳动力，这样的好事哪里去找，如果在这冰天雪地里自己换轮胎，还真够喝一壶的。果然是人多力量大，不到半个小时轮胎就换好了，尽管大家也累得精疲力竭，但急着赶路的心情也顾不上许多了。

　　汽车继续上路，晚上 8 点多钟，到达海拔近 4800 米的一个黄金检查站

队员们在前往黄河源头的草地上小憩

队员王来安（左一）、张大波（左二）、汤立波（右一）与麻多乡政府人员合影

哨卡。在源头区，生活与南方的完全不同，海拔 4800 米的高原区，空气中含氧量只有平原地区的 40%，一路上，队员们喝的是牛尿味道的水，吃的是藏粑，还无盐，荒野野兽出没，气温最低达到零下十几摄氏度。还未上源头，两个队员就倒下了，头疼如炸开，脸色蜡黄，浮肿，嘴唇干燥开裂，难以进食。好在格祥的一个表弟就在这个哨卡工作，而黄漂队员也因高原反应严重，加之身体疲惫，于是当晚就在这个哨卡住了下来。

哨卡值守人员只有 3 人，平时很少接待外地人。因而见到远方马鞍山黄漂队员的到来十分热情，晚上大家在哨卡内举行了联欢活动。格祥表弟唱起当地藏族民歌，而黄漂队汤立波也忍着高原反应带来的头痛，一曲《在那遥远的地方》，虽然声音沙哑，但大家听得也蛮开心的。马鞍山黄漂队员们拿出省吃俭用的肉罐头食品与对方共享，而对方也拿出珍藏的大冰糖款待客人，王来安用相机把这融和友好的情景一一拍了下来。大家亲如兄弟般一直热闹到下半夜 1 点多钟才休息。

夜里又下起漫天雪，天地一片白皑皑。哨卡让出了一个房间，大家裹着羽绒服和衣席地而睡，但不时被冻醒，于是大家又添加干牛粪，把火盆烧旺，紧挨着火盆边度过了这严寒的冬夜。

大雪一直下个不停，阻滞了行程，队员们只得在哨卡等候雪停，而在这难得休整的几天中，大家也逐渐适应高原气候。4 月 2 日当雪终于停了后，黄漂队员们又背起行囊，而热心的哨卡兄弟不仅为其联系了上源头送货的卡车，并为马鞍山黄漂队出具了路过于此地的盖章证明，大家依依不舍地离开了这难忘的雪中送炭的哨卡，踏着厚厚积雪继续出发，前往格祥的家乡——黄河源头的青海玉树藏族自治州曲麻莱县麻多乡。

在这简易公路上，地面、水面、沼泽地都结了厚厚的冰，汽车身后的雪地里留下一道深深的车辙，大风呼呼地吹，不时掀翻头上的帽子，风中还夹杂着急骤的冰雹，打到脸上生疼。沿途不时见到成群的黑色牦牛在枯黄的草原上觅食，而无数白色的羊群聚成一簇一簇，如缓慢流动的白云，在雪花飘飘背景下，犹如一幅幅清冷的水墨画。这对来自江南的马鞍山市黄漂队的小伙子们来说，很是稀奇罕见。对这难得一见的景色，大家都不愿放过,顾不上寒冷了,站在车厢的栏板边拿出望远镜尽收高原风光,并用相机不停地拍摄,要留下这美妙的瞬间。这些在江南见不到的风光,为大家在艰难的旅途中增添了一丝乐趣。

经过一天的艰苦跋涉,下午5点左右,队员们终于到达了麻多乡政府所在地。这里属玉树藏族自治州曲麻莱县管辖,人口约4000人,藏族人口占到总人口的99%以上,以养羊为主。1958年建巴彦公社,1962年更名为麻多公社,1984年改为麻多乡。这里不仅是黄河源头所在地,更因这里埋藏有大量沙金、岩金,并拥有丰富的冬虫夏草资源而被人熟知。

格祥家就住在麻多乡所在地扎加村(当地人还是习惯称为扎加大队),房屋不多,零零散散地分布在小山冈上。在格祥的盛情邀请下,马鞍山6名黄漂队员们住进格祥家中。这里的建筑大都是用泥土夯实的土墙建造的,木梁上雕刻着藏族风格的花纹格,很有特色。格祥家也不例外,屋子里很朴素,墙壁上挂着一些藏画,堂屋中间是个烧着干牛粪的大火盆,用来取暖和煮食之用。周围就是摆放整齐的矮矮的桌子和凳子了。

藏族是十分热情好客的民族,加之格祥是当地小学老师又兼乡里的会计,人脉也广,得知格祥家来了客人,村民纷纷登门看望。

屋外不远就是石头垒起的约半米高的羊圈,时值傍晚,羊群回来了,白花花一大片,看上去足有好几百只,羊头上弯曲的大羊角煞是威武,当它们一起"咩咩"叫起来,声如洪钟,在空旷的草原上回荡。当把羊赶进羊圈后,过来了一位拿着羊鞭的藏族女孩,穿着灰色袍子式藏族服装,细细的发辫盘在头上,圆圆的脸蛋在严寒低温下冻得通红,犹如搽了一层胭脂,显得格外美丽动人。已疲惫不堪的黄漂队员们,第一次在这青藏高原上见到如此美丽的藏族姑娘,顿时眼睛瞪直了,个个目不转睛,当格祥介绍她是大哥家的侄女时,大家搜肠刮肚想拿最好的词来赞美,可是书到用时方恨少,除了"真漂亮""美若天仙"等俗词外,再无新意。

晚餐很丰盛。当大家坐定后,主人在每人面前倒上了酥油茶和青稞酒。乡党委委员、武装部长扎巴更松也特地过来。酥油茶呈现奶茶一样的奶白色,味道很醇厚,很浓稠,有一种特有的酥油味道。

　　倒是喝酒时规矩挺多，当地人自家用雪山圣水酿制的青稞酒（藏语叫作"羌"），酒色微黄，度数不是很高，酸中带甜，有着"藏式啤酒"之称，既是藏族人民生活中不可缺少的饮料，也是欢度节日和招待客人的上品。马鞍山黄漂队员们是远方来的贵宾，主人们更是热情好客，拿出了只有逢年过节或结婚等喜庆日子才使用的银制酒壶、酒碗。首先敬上三碗青稞酒，队员们也学着主人的样子，当主人敬头一碗酒时，端起碗用右手无名指尖沾上一点青稞酒，对空弹酒。同样的动作做完三下之后，再连续喝上三口，每喝一口，主人就给你添上一次酒，当添完第三次酒时就要把这杯酒喝干。前两碗酒，可按自己的酒量，可喝完，也可剩一点，到第三碗斟满后，则要一饮而尽，以示尊重。好在马鞍山黄漂队员都是20来岁的血气方刚的年轻小伙儿，喝酒自然不在话下。

　　三碗酒下肚后，主人又端上一大盆糌粑。这是把青稞炒熟磨成细粉后和面做成的大饼，拌上奶茶、酥油和盐等，就是当地人的主食。在架起的火盆上烧上一大锅开水，将大块带骨羊肉放入锅中，用猛火炖煮，屋内一片热气腾腾。此时大家大碗喝着青稞酒，大口啃着糌粑，从锅中捞出羊肉，蘸着盐巴、酥油，学着当地人的吃法，不用筷子，而是用藏刀将大块羊肉从骨头上剔下来，再切成小块，用手抓入口中，羊肉散发出特别的香味，"好香啊！"不知是不是因为羊都是放养的原因，肉好像特别香，有点咸咸的，又有些甜，还稍微有些辣，特别能勾起食欲。

　　藏族同胞在敬酒时有个习惯，要唱祝酒歌，歌词亦丰富多彩，曲调也优美动人。藏语的歌词大意是："今天我们欢聚一堂，但愿我们长久相聚。亲爱的人们呀，祝愿大家消病免灾！"唱完祝酒歌，喝酒的人必须一饮而尽。正当大家吃得满嘴流油、不亦乐乎之时，那位放羊的女孩过来了，换了一件红色的藏族大袍子，衣边还装饰点缀着毛茸茸的白色羊毛。大家一致提议姑娘唱一首，这位羞涩的"曲姆"（藏语意为"美女"），说着不太流利的汉语说："那我给大家唱一首《北京的金山上》吧。"大家都鼓起掌来，大声地喊道："好！好！"一开口，就将一屋子的人引入了陶醉的境界里。她的声音是那么甜美、犹如夜莺一般婉转动听，当她飙起高音来，更是声震耳膜，让人听得如醉如痴。都知道藏族女孩天生有着很好听的嗓音，当真正领略，还是让人惊奇。

而马鞍山的小伙也不甘示弱，汤立波起身唱一曲《故乡的云》："天边飘过故乡的云，它不停地向我召唤，当身边的微风轻轻吹起，有个声音在对我呼唤，归来吧归来哟，浪迹天涯的游子，归来吧归来哟，别再四处漂泊……"低沉而有些沙哑的动情演唱，勾起了每个黄漂队员们对母亲河黄河的眷念之情。

在欢乐气氛中，大家一个人一个人地接唱起来，歌声一浪高过一浪，到高潮处，大家按照藏族的习惯，手拉手围成一个大大的圆圈，高兴地唱歌跳舞，喜悦的气氛也被推向高潮，感染了在场的每一个人。而这时，有些冲动的张大波转到藏族女孩身边，拉起她的手蹦跳起来，虽然女孩的手有些粗糙，那是常年干活劳作的手，但在张大波的感觉中，那真是一个最美妙的时刻。为此，平时懒得动笔的张大波还兴致未尽地写了一篇日记

马鞍山黄漂队队长汤立波

马鞍山黄漂队队长张大波

《星星月亮草原的不眠之夜》。这是马鞍山黄漂队员出发以来最高兴的一晚，大家兴奋地彻夜难眠。

　　杯盏交酌、酒足饭饱后，已是夜深人静时。高原的夜是神秘的，幽蓝的星空，油黄的月，剪影般的山脉，土屋上余烟袅袅。

　　由于连续下着漫天大雪，地上积雪厚度超过10厘米，加之前往黄河源头没有道路，必须要骑马上去。于是，第二天，队员们向村里人租借马匹，可大家凑出身上的钱还是不够租金，黄毅忍痛把自己心爱的手表摘了下来顶上租金，终于租借到6匹马，在当地人的指导下，进行初步的骑马训练。这些马都是藏族特有的矮种河曲马，个头不高，御寒的鬃毛很长，既温顺又特别有耐力，个儿高的队员，一脚抬起就可跨上马，因而骑行训练比较顺利，大家很快就基本掌握了骑马奔跑的要领。

第五章 实现黄河第一漂

黄河之水天上来。

巴彦喀拉山横亘在青藏高原，主峰海拔 5000 多米，是黄河、长江两大水系的发源地。而历史文献记载，黄河上游有 3 个源头：

扎曲，发源于查哈西拉山，河道长而窄，支流少，水量有限。

玛曲（又称约古宗列曲），藏语为孔雀河。发源于约古宗列盆地西南部，星宿海以西，位于 3 条上游水源之中，海拔 4750 米。

卡日曲，发源于巴彦喀拉山支脉，各姿各雅山的北麓，海拔 4800 米，相对其他两水源，卡日曲尚能保证有水流入下面的扎陵湖和鄂陵湖。出山

黄河源头玛曲（约古宗列曲）远眺

口处形成宽 1 ~ 1.5 米、深约 1 米的小河，流量约 0.3 秒 / 立方米。这也是有人一再把它当作黄河正源的一个依据。

1985 年，黄河水利委员会根据历史传统和各方面意见，再次确定了玛曲为黄河正源的定论。并在约古宗列盆地西南隅的玛曲曲果（曲果，藏语意为"小河源头"）东经 95° 59″ 25′、北纬 35° 01″ 35′ 处树立了黄河源标志。

约古宗列盆地，海拔 4500 米左右，东西长 20 余千米，南北宽约 13 千米，盆地西部是雅拉达泽山，北部是扎朵喀州山，东南部是洋咯拉折山，盆地内散布着众多的水泊，水泊间为水草丰美的沼泽草甸，历来就是当地牧民的冬季牧场。每当春回大地，盆地里碧草如茵，百花吐艳，景色更加绚丽，所以，藏族人民亲切地称这个盆地叫约古宗列，藏语意即"炒青稞的浅锅"。

马鞍山黄河漂流考察探险队的目标就是奔赴玛曲（约古宗列曲）的黄河源头。

进入 4 月，江南已进入清明时节，大地回春，草长莺飞，而黄河源头地区却还是一派千里冰封、漫天飞雪的景象。4 月 4 日，大雪总算停了，草原上白雪皑皑，沼泽草地也冻得铁硬，太阳在灰厚云层中不时洒下暗淡的阳光。趁着这难得的好天气，6 名马鞍山黄漂队员在马背上架好行装，带上糌粑和饮用水等食品饮料，而格祥和乡武装部长扎巴更松腰别藏刀，背着步枪，挎着手枪，全副武装，既当向导，又当护卫。大家于上午 9 点左右，开始向源头进发。

在嗖嗖的寒风中，大家骑马上路，这时黄河源头的气温仍为零下 20 摄氏度左右，不仅天气特别冷，而且还迷雾茫茫，5 米开外看不清人影。低温严寒将茫茫沼泽草地冻成硬块，到处覆盖着一片片冻雪，而冻雪下面遍布着结冰的水坑，大家紧跟着向导，小心翼翼地在冰雪覆盖的草地上行走。在当时，登黄河源头只能趁冬天上冻时上去，如果是夏季，沼泽化冻，到处是水潭，人和马是无法在沼泽中行走的，因为一旦陷下去，就很难自拔。这也是队员们事先查阅黄河源头资料时了解的。

高原空旷孤寂，厚厚的羽绒服也挡不住刺骨的寒风，不一会儿就有一阵飞雪冰雹，旷野中可见到野驴、黄羊、藏羚羊和野兔一闪而过，时不时还能听到远处野狼的号叫声，那叫声怕人，令人毛骨悚然。不时见到秃鹰伸展着翅膀在空中盘旋，仿佛在缓缓地逡巡着它的领地，时而俯冲急下，时而昂头冲天，为这荒凉如凝固般的源头草原增添几分动感。而向导格祥每当看到天上的秃鹰，就双手合十，口中用藏语念念有词，黄漂队员们感到奇怪。格祥说："我这是在乞求神鹰保佑呢。草原上秃鹰可厉害了，在我们这儿被视为神鹰。只要秃鹰出现，狼群也要忌惮几分，方圆几里内的小动物更是在劫难逃。"好在是白天，而且两个向导都带有枪支，可以自卫防护，大家心中也都有种安全感。

由于队员们大都从未骑过马，尽管马还算温顺，但草地上到处分布着被荒草覆盖的小水坑，一不注意就容易陷到水坑里。在行进途中，洪元锦骑的马匹在走过草地中一个冰封的水坑时，马蹄踏碎冰面，陷了下去，一个抖动，将他从马上摔了下来，大家心头一惊，连忙下马扶起洪元锦，检查是否受伤，好在有惊无险，大家紧张的心才稍微放下。

还没走一程，秦德根的马在听到狼嚎后突然受惊，向前一蹿，把秦德根掀下马，马还在奔走，秦德根急忙抓住了马尾巴，被马拖了十几米，吓得又哭又叫。好在格祥经验丰富，翻身下马，跑上前及时抓住马的缰绳，把马喝住。而汤立波从马上摔下就更惨了，骑的马不知怎的受惊了，一个嘶鸣腾起，将汤立波连马鞍一起摔下马来，大家赶紧下马将其扶起来，但一条腿摔伤了，痛得走起路来一瘸一拐的。为了防止再发生落马事故，两名向导干脆用手牵着队员们的马，在草地中踽踽而行。

为排解马鞍山黄漂队员们的畏惧心理，在草地小憩时，格祥讲起了还是在部队当兵时遇到狼群的故事。16岁那年，格祥是部队的一名汽车兵，在一次往青藏高原运送物资途中，夜间一辆汽车抛了锚，致使整个车队停了下来，战友们纷纷下车帮忙。当格祥跳下驾驶室，没走多远，就感到有一双手拍在自己肩膀上，格祥以为是同班战友，便用手推开，可是突然感觉到那是毛茸茸的爪子，格祥心中一惊，大喊"狼上肩了！"此时格祥控制住紧张的心情，弓下腰身，使出全身力气，把野狼甩在地上。班长见此情景，立即召唤战士们快上车，战士们纷纷跳进驾驶室，关上车门。可是一位战士因到河边提水，没能及时赶回而遭到狼群围攻，尽管战友们操枪向狼群密集开火射击，但这名战士还是遭到了狼群的围攻撕咬，最后因伤势过重而没有抢救回来，牺牲时才18岁啊。为了替战友报仇，战友们每次出车遇到野狼绝不放过，次数多了，打狼的绝招也就多了。例如，在枪弹中放入密封的酒精药棉进行改造，就成了土制燃烧弹，只要击中野狼，它身上就会起火，狼越跑火势越大，最后形成火球，当火球在狼群中疯狂乱窜时，就会扰乱整个狼群……大家听了格祥的故事，虽然心头还有余悸，但感到有经过部队历练、围猎经验丰富的格祥和乡武装部长在身边保护，心底也踏实多了。

长时间骑马，队员们的屁股被磨得疼痛难忍，时值中午12点左右时，大家看到不远处有几个牧羊帐篷，已被折腾得疲惫不堪的队员们大喜过望，就径直奔了过去。向导格祥和扎巴更松走进帐篷，与主人用藏语交谈后，对方同意让大家进帐篷休息。牧民很热情，不但拿出糌粑给队员们充饥，还烧了奶茶给大家喝了御寒，而黄漂队员们也给牧民拍摄了照片，告诉牧民在冲印出来后，委托格祥会计转交过来，双方都很高兴。在简单处理受伤队员的伤口和小憩后，下午1点05分，又继续出发，翻过多个小山坡，蹚过冰冻的沼泽地，大家咬牙坚持互相鼓励，坚信希望就在前面。

又经过4个多小时的草地中跋涉，下午五点半，大家终于看到了不远处荒草覆盖的小山坡上树立的"黄河源"的木牌。激动的心情使大家忘记了伤痛、疲惫、高原反应带来的千辛万苦，纷纷下马，欢呼跳跃跑了过去。被称为玛曲的黄河源头在一个山坡下的盆地中，周围覆盖着厚厚的荒草，远处是巍峨起伏的群山，白雪覆盖的山峰在夕阳的映照下，闪着银光，美丽而壮观。中华民族的母亲河正是由远方山脉上的雪水滋润，涓涓细流汇聚起来，成为聚山纳川、滚滚奔腾、气贯长虹的大河。想到这里，马鞍山黄漂队员们不由得感慨万分。

野旷天低树。辽阔高原草地向远方延绵，遍布着起伏的山坡草场。时值冬季，枯黄的草地上散布着一片片冻雪，一道道结冰的小溪发着白光，犹如一条条洁白的哈达，蜿蜒在平缓的山坡上。在盆地的一个冻结泉眼处附近，树立着"黄河源"醒目的标牌。

走过千辛万苦，终于来到心驰神往的黄河源头，马鞍山黄漂队员们个个都非常兴奋。大家围在"黄河源"的木牌前仔细观看，这是个用两块木板拼起来制作成的牌子，周围镶上木框边。上面白底红字分别由汉语和藏语写着"黄河源"红色大字。周边是片片积雪和冰冻的草地，枯黄的野草在寒风中不停地摇曳抖动，到处都是散乱的牦牛头骨和骨头。队员找来一个完整、弯着两个大犄角的牦牛头骨，架到木牌上面，使"黄河源"木牌增添了几分神圣和神秘感。

大家扶着"黄河源"的牌子喘过一阵气后，把马放到不远处有枯黄牧草的山坡上，让它自己去觅食。而身着厚厚羽绒服、外面还套着红色漂流队服的队员们，顶着顺坡而下的寒风，在距"黄河源"牌子1米多处的草地上，拿出铁锹、锤子、老虎钳等工具干起活儿来，将辛辛苦苦从马鞍山市背到黄河源头，由工程塑料板制作的标牌，用锤子打下两个铁桩，再将标牌用螺丝拧在铁桩上，大家喘着气，忙活了将近半个小时。灰蓝色的牌子上面用红漆写着"安徽省马鞍山市黄河漂流考察队，黄河源，公元1987年4月4日立"。在牌子背面，用红漆写上了张大波、汤立波、洪元锦、黄毅、王来安、秦德根6人的名字。在牌子上方也架上一个牦牛头骨。国家黄河水利委树立的"黄河源"的木牌高140厘米，宽65厘米，厚10厘米。而安徽马鞍山市黄漂队带去的牌子较小，尺寸为高81厘米，宽48厘米，厚1厘米。大家在黄河源头上竖好牌子后，全体队员与两位藏族向导格祥和扎巴更松一起，在"黄河源"标牌前合影留念，并进行了录像、拍照。

面对黄河源头那里的茫茫草原，汤立波利用休息时间，习惯地从背包里拿出素描本和碳笔，坐在山坡上，顶着寒风，熟练地勾勒见到的美景，在粗犷的线条下，黄河源头的苍凉画面跃然纸上。就在汤立波聚精会神地作画时，张大波过来坐了一边，看到画本上的素描，禁不住问："哟，你老兄还有这闲情逸致啊！敢情回去后还要办黄河漂流画展啊？"汤立波嘿嘿一笑："有这个想法，但这也是职业习惯了。"谈起理想，汤立波的志向是当个画家和工艺美术师，而张大波则表示将来要创办自己的企业。在这清冷的

安徽省马鞍山市黄河漂流探险队于 1987 年 4 月 4 日下午 5 时 30 分成功到达黄河源头。图为立碑后的合影，左起秦德根、洪元锦、黄毅、汤立波、张大波、王来安

马鞍山黄漂队与藏族向导在黄河源合影。前排左起藏族向导扎巴更松、格祥，中排左起张大波、汤立波，后排左起黄毅、秦德根、洪元锦、王来安

队员们从马背上卸下标牌

源头立碑

黄河源头，两人心高志远地规划着自己的职业生涯，对未来充满了憧憬。但命运将把他们带向何方，只有让那滚滚的黄河来见证了。

山坡下面草地上有几条上冻的小溪，覆盖的冰层下面是淙淙流淌的雪水，最宽的也约莫 1 米，汇集到下方一个面积约 100 平方米的冰封的小湖泊里。大家在队长张大波、汤立波的指挥下，按照分工，有的用工具破开冰面，有的从行囊里取出橡皮筏和打气筒，为橡皮筏充气，有的捆扎绳索。这是上胶四厂生产的小型军用橡皮筏，长约 3.5 米、宽约 1.5 米，设计乘员为 4 人。橡皮筏头部上翘呈锥形，船体中间有一个连体横隔，筏后有木板横隔，是用来吊挂发动机推进器的。

傍晚 6 点 30 分左右，天还大亮，队员们在源头举起右拳，举行了黄河首漂宣誓仪式。在队长张大波和汤立波的领读下，大家共同高声宣誓："中华好儿女，征服黄河巨龙，彰显民族意志，坚决完成前无古人的首次黄河全程无动力漂流考察探险任务，为安徽和马鞍山人民争光。"举行完漂流仪式后，队员们将写着"黄河第一漂"的"钢城牌"橡皮筏放入源头小溪中，正式开始了史无前例的黄河漂流探险开漂活动。

在淙淙溪流上，马鞍山黄漂队员们拖着橡皮筏，在小溪上来回蹦跳着，拍摄下了很多珍贵照片和录像，洪元锦和黄毅还拍下了两脚跨黄河源溪流的特写照片，并发出豪迈的话语："我们一步跨过了黄河。"

队员们拖着橡皮筏沿途而下，来到距源头下方约 100 米的小湖泊边（藏族人称为"海子"），剖开湖面冰层开路。湖水很浅，只到脚踝，清澈见底，湖底布满了尚未形成鹅卵石的碎石块。张大波一激动，索性脱下

张大波和汤立波将橡皮筏推入黄河源头寒冷的溪水中

开始源头下漂

队员洪元锦一步跨过黄河源头的小溪

鞋袜，赤脚跳入寒冰刺骨的水中，顾不上碎石扎痛脚板，推着橡皮筏行进。在这清澈的雪水中仿佛是接受洗礼，刺骨的雪水很快将其双脚冻得通红，但队员们兴奋的心情早已战胜了冰冻寒冷。

1987年4月4日傍晚，在这人迹罕至的黄河源头水中，第一次留下了安徽钢城马鞍山人的足迹。

第六章 首漂带来轰动

看天色渐暗，下午6点45分，大家恋恋不舍地离开玛曲黄河源头，下撤到来路的藏族同胞帐篷处过了一夜。虽然黄河源头天寒地冻，风沙弥漫，但大家在帐篷里围着火盆，又唱又跳，兴奋的心情压过了寒冷，有的在帐篷里整理录音、录像，大家难以闭眼，企盼着早些天亮。

4月6日，大家兴奋地回到麻多乡，请麻多乡政府出具了马鞍山市黄河漂流队到达黄河源头的证明，并在线路图上盖了乡政府公章（通关文牒）。相聚时难别亦难，当队员们与患难相处、已情同手足的藏族朋友格祥告别时，大家相拥流泪，久久不愿分开。队员们知道，正是有了格祥等藏族同胞的倾力帮助，才使得马鞍山黄漂队避免了盲目摸索，得以顺利登上黄河源头。这份情谊用千言万语也难以表达，马鞍山黄漂队员们永远感恩于心。

第二天，队员们走进了星宿海沼泽草甸，这里汇聚了黄河源头的玛曲、扎曲和卡日曲的水流，水量大增，继续东行约20千米，就进入了扎陵湖和相距15千米的鄂陵湖。由于冬季冰封湖面，队员们拖着橡皮筏，在湖面奔跑，大有"春风得意马蹄疾"的快感。传说松赞干布就是在这里迎娶了文成公主。

此时，来自北京、河南的两支黄河漂流队也直奔黄河源头而来，由于全国黄漂热不断升温，嗅觉敏感的新闻媒体也在不断跟进。当马鞍山黄漂队出了鄂陵湖，搭着采金的便车撤回玛多县城的路上时，从司机口中得知，北京和河南两支黄漂队已经到达玛多县城，大家心情颇为得意。的确，就在北京、河南洛阳黄漂队大张旗鼓漂流黄河造势时，既无影响力，也不被媒体关注的马鞍山黄漂队，在这场首漂黄河特殊竞赛的第一个回合上，意外拔得头筹。

返回途中，他们正遇到开往黄河源头的青海电视台采访车。当得知马鞍山黄漂队已先期到达黄河源头（玛曲）已返回后，记者马上拦住张大波、汤立波一行，现场进行采访。尽管连日奔波劳累，个个灰头土脸，人瘦毛长，胡子拉碴，但穿着那印有"马鞍山爱我中华黄河漂流考察队"的红色队服时，人还都是挺精神的。接受采访后，队员王来安随着青海电视台的采访车，前往黄河的另一个源头卡日曲，与正在向卡日曲源头进发的河南黄河漂流队会合去了。

4月7日晚上9点多钟，马鞍山黄漂队员回到玛多县城后，在县招待所住下，洗了个一个多星期都没脱衣后的热水澡，躺在床上打开电视机，就看到青海电视台播出的新闻，正是张大波、汤立波介绍登上黄河源头的新闻报道。

这篇报道在玛多县城激起阵阵涟漪。第二天，跟随北京、河南洛阳黄

队员在玛多县与当地群众合影。左三苗玉玺、左六王越明、左八夏忠明

漂队上来的8家中央和青海省媒体记者对马鞍山黄漂队进行集中采访，认可在几支漂流队中，马鞍山队"娃娃兵"是最精神的。中国新闻社对国内外报道黄河漂流消息中首先报道了马鞍山漂流队，而青海省电视台第二天作为新闻头条播出，轰动了青海，同时青海电视台表示要派出记者跟随马鞍山黄漂队漂流进行采访，《青海日报》记者还建议马鞍山黄河漂流队把在青海省黄河上游漂流的大本营设在西宁。这些都使马鞍山黄河漂流队员们受宠若惊，得到莫大鼓舞，漂流的意志更加坚定。

在全力以赴登上黄河源头后，马鞍山首批黄漂队员们身上带的现金几乎耗尽。此时好在马鞍山黄漂第二梯队的王越明、夏忠明、毛世卫和苗玉玺4名漂流队员及时赶到了玛多县，并带来了大量罐头和压缩饼干等食品，尽管每人身上带的资金也不多，但这也暂时缓解了生活上的困难。

马鞍山黄漂队首个登上黄河源头，一时间仿佛成了英雄，受到当地群众的尊敬，得知继续下漂在资金上存在困难后，当地政府和一些部门给予了马鞍山黄漂队员们有力支持。玛多县政府资助了1000元，团县委、体委也资助了600元钱，县照相馆免费为其冲印登上黄河源头和沿途拍摄的照片，县邮局免费为其发送电报和邮寄信件。这使得马鞍山黄漂队首个登上源头的信息和照片在第一时间反馈回了马鞍山市。

马鞍山黄漂队首漂黄河源头成功的消息和照片传回到马鞍山后，全市一片振奋，关心马鞍山市黄漂活动的市民们更是欢欣鼓舞，也引来了省主流媒体的关注。

4月18日，《安徽日报》在周末版首先发出新闻报道《安徽钢城健儿首漂黄河源》，并配发了马鞍山黄漂队在黄河源头的合影照片。报道全文如下：

> 4月11日，马鞍山市黄河漂流考察队第一批返回马鞍山市的资料和照片表明，钢城健儿于4月4日下午5时30分成功首漂黄河源，从而开始了中华儿女首次无动力漂流母亲河的壮举。
>
> 由马鞍山市13名热血青年自发组成的我爱中华黄河漂流考察

队，自 3 月 20 日离开马鞍山后，经过 15 天的千里跋涉，在青海省科协，西宁市科协及县、乡政府和当地藏族同胞的帮助下，克服了食品缺乏、野兽威胁、高原反应、风沙弥漫的不利条件，冒着零下 20 摄氏度左右的低温，胜利到达海拔 4900 米的黄河源头。

时值 4 月，黄河源头玛曲仍是冰天雪地，用汉藏文书写的"黄河源"木牌白底红字十分醒目。队员在向导的带领下，骑马一昼夜，于 4 月 4 日下午 5 点 30 分许到达时已精疲力竭，当看见黄河源头标记时，一个个从马上跳下，抱住标牌，激动得热泪盈眶，大家当即在距"黄河源"标牌 1 米多处，树立了自带的由工程塑料板制作的标牌。上面写着，"安徽省马鞍山市黄河漂流考察队，黄河源，公元 1987 年 4 月 4 日立"的字样。这是黄河源头立下的第一块漂流考察队标记。下午 6 时，全体队员举行了首漂仪式，并拍摄下源头珍贵的风光人情照片。

在黄河源头上，由多条小溪汇聚成一个 200 多平方米的水塘，形成了玛曲的上游，队员在露宿一夜后，于 4

《安徽日报》1987 年 4 月 18 日周末版刊登《安徽钢城健儿首漂黄河源》报道

月5日推着写有"黄河第一漂"的"钢城号"橡皮筏，在已化冻
处开始了漂流。

青海省人民广播电台记者4月7日在玛多县对张大波等人进
行了采访，并于当天做头条新闻播出。随北京黄河漂流队前来的
中央电视台、青海电视台和《工人日报》《中国青年报》《北京青
年报》《青海日报》等8家新闻单位同时对安徽马鞍山黄河漂流考
察队进行了采访。青海电视台还派出车辆和记者将马鞍山部分队员
送往黄河另一源头卡日曲，其余队员在玛多县休整，待黄河上游化
冻后继续漂流。居住在源头的藏民（当时报道——编者注）和当
地向导格祥说："我们接待的第一支黄河漂流考察队就是你们。"

由于黄河上游玛多段还未化冻，河面还积着厚厚冰层，加之低温雨雪，
气候恶劣，马鞍山黄漂队决定暂时留在玛多县城进行休整，等待黄河化冻。
这也是马鞍山黄漂队员们难得有机会近距离欣赏这座高原小城的风光。

玛多县号称是离天最近的地方，平均海拔4500米以上，气候属高寒
草原气候，无明显的四季之分，只有冷暖之别，通常把冷、暖两季分别称
为冬季和夏季。这颗镶嵌在果洛州草原上的璀璨明珠，位于青海省东南部，
是青海、甘肃、四川三省的交界地带和安多、康巴文化的交汇点，既是古
丝绸之路和唐蕃古道的重要组成部分，也是格萨尔文化的发祥地。在藏语
里，"玛"指"玛曲"，意思是黄河；"多"为源头，合起来就是黄河源头。
玛多县地处三江源自然保护区核心地带，既是三江源自然保护区所辖17个
县之一，也是黄河流经的第一县，更是观赏黄河源头自然风光的最佳之处。

玛多县城不大，这里有丰富的黄金等矿藏，给小城带来了繁荣。城里
两条主干道商铺林立，商品也琳琅满目，特别是高处那巨大盆形雷达卫星
地面接收站引人注目。当地团县委和科协的几位朋友热情地带着马鞍山黄
漂队员们在城里游览。

汤立波若有所思地说："该玩就好好玩吧，以后说不定再没机会过来
了。"这说的也是实话，如果不是为了黄河漂流，怎么可能有机会领略这青

藏高原上的小城风光呢！

队员们长途奔波，多天未洗的头发乱蓬蓬，胡子拉碴，要不是一身红色的印有"马鞍山黄河漂流队"的队服，准被人们当作乞丐。大家要做的第一件事就是到理发店理发洗头，在城里商品都不贵，但就是理发贵，理个头发要收 15 块钱，大家也顾不上许多了，排队坐上理发椅，把头上打扮了一番。理完发，大家变得格外精神，人也更帅气了。

位于城中心的玛多影剧院和县政府门口一带算是比较繁华的地方了，有不少百货、杂货店和饭店。玛多团县委朋友带着大家来到一家当地有名气的清真牛肉拉面馆，招待了一顿羊肉面。羊肉面味道鲜美，每人吃了一大碗。出来后，逛到在影剧院街角的一家杂货店，里面有卖自制的酸奶，大家光顾过去，都想品尝一下当地特色风味小吃。

经营酸奶的是位藏族姑娘，待嫁的年纪，笑起来眉毛弯成月牙形，装扮很时尚，虽然皮肤黑了点，但手很灵巧。她很利落地给每人倒上一碗酸奶，用甜软的声音说："我们店里的酸奶都是我阿妈亲手做的，原汁原味，五毛钱一碗。"

由于奶味很浓，酸甜适当，每人一口气就喝了一碗，觉得不过瘾，大家又要了一碗，喝了还不尽兴，又要了一碗，冲着美丽姑娘也都陶醉了。当要离开时，张大波却找姑娘要了个小板凳，在店门口坐了下来，不肯走。一边的王越明尖酸嫉妒地说："你就是个大花心，是不是看上人家姑娘了啊，你就不要去黄漂了，就做人家上门女婿得了。"一席话倒是把店里的藏族姑娘听得脸上通红。不要说张大波，对这些都 20 多岁的小年轻，恋爱都没谈过，哪个见到美女不动心！而一边陪同的当地朋友也添油加醋地说："我们这里的姑娘们，都愿意嫁个外地帅小伙儿，要不，你就娶个回去？"话虽这么说，这些黄漂队员们还是一步一回头地离开了。

黄漂队员们居住的县政府招待所是城里最好的住处了。干净的大院子里几排大瓦房。房间里有炉子和牛粪饼。由于地处高原，水烧到 70 摄氏度就开了，服务员每天上午会把一壶开水放在客房门前。在 20 世纪 80 年代，这里还没有通电，政府机关和公共娱乐场所都是靠柴油机发电来照明，而普通人家晚上就是点着汽灯或油灯，一到夜晚，全城一片漆黑、静谧。当地政府热情而好客，由于旅游业还未开发，对这些光顾小城的外地客人来说那是稀客，加之北京黄漂队、河南洛阳黄漂队及其大量随队新闻媒体记者等人员的到来，玛多县城还从未这么热闹过，更何况马鞍山黄漂队员刚从黄河源头下来，电视有影，广播有声，政府更是把他们当英雄般地接待。虽说是在黄河边，但饮水和生活用水要靠人力担，因此招待所到处贴着"节约用水"的告示。

晚上聚餐，大家搬来当地产的啤酒畅饮起来，几瓶酒下肚，人也就飘飘然了。而张大波因王越明在酸奶店讽刺过他，非要与王越明拼酒，"咕噜、咕噜"一瓶啤酒灌下肚，虽然不醉，但肚子也涨得要死。

第二天一大清早，马鞍山黄漂队队长张大波的房门外就传来"咚咚"的敲门声。打开门一看是个陌生的人，对方马上自我介绍："我是北京队随队的《工人日报》记者蒋升阳。了解一下，你们登上源头后是否见到北京青年桑永利去年登上黄河源头的标记？"当时北京青年黄河漂流探险科学考察队也已到达了玛多县，并打出"黄河第一漂"的标语，得知马鞍山黄漂队已登上了黄河源头，特来核实。

张大波一听就来了气，叫上汤立波和部分队员，随记者来到北京队驻地，要找桑永利理论。由于不认识桑永利，张大波稀里糊涂地闯进北京队员休息的房间，不管三七二十一，就一把掀开一名还在熟睡中的队员的被子。发问道："你们谁说的桑永利去年曾到黄河源头？我们怎么没见到桑永利在黄河源木牌上的签名？"

睡觉的人给这么一问，感到丈二和尚摸不着头脑，迷糊地问："你们是谁？有什么事？"房间里另一位随北京队的《解放军报》记者周涛赶紧过来："你们找错人了，这位也是随队记者，叫马挥，是中央电视台的，不是桑永利。"张大波自感失礼，连忙赔个不是。

这时马挥也弄清了是怎么回事。"你们是马鞍山黄漂队的啊，桑永利去年赴黄河源头考察，主要是收集源头的气候、道路方面的资料，就算没留下什么痕迹也是正常的啊。"马挥帮助北京队解释。

"我们听向导说，去年春夏期间，黄河源头区闹鼠疫，整个源头区都封锁了，外人还怎么能上得了黄河源头呢？"张大波不依不饶地追问。

汤立波还是比较理智的，一把拽住张大波打了个圆场："大家都是为了黄河漂流探险而来，不要为无意义之争伤了和气。"

看到这场面，《工人日报》记者蒋升阳也接着说："别争了，别争了，承认你们马鞍山是黄河第一漂，行了吧，改日我请你们马鞍山黄漂队吃饭。"真是不打不成交，没找到桑永利，反而结识了一批北京黄漂队的随队记者，也成了马鞍山黄漂队的一大收获。

其实，马鞍山黄漂队还真要感谢这位《工人日报》的随队记者，也正是他实事求是地发出了马鞍山黄漂队首先登上黄河源头的稿子，拉开了"87黄漂"的另一个战场——新闻报道争发独家新闻的大幕。

此时，队员秦德根也在烦恼。由于出发前没有协调好与家里的关系，在家人没有同意的情况下出走，全家人都为其担心，多次打电话发电报召他回去，但秦德根脾气犟，铁了心，怎么说也不肯回去。于是家里请了在青海工作的远房大伯来做工作，也做不通。实在没法，家里使出了"撒手锏"，让已怀孕的姐姐坐火车赶到西宁，在电话里一把鼻涕一把泪地哭诉："你就是家里的男宝，你要有个三长两短，叫父母还怎么活啊！"亲姐姐竟然挺着大肚子千里迢迢地赶到西宁，是秦德根万万没想到的。特别是姐姐最后通牒式的话语："你要是不到西宁来见我，我就是把孩子生在西宁也要等你。"

这下秦德根真的没辙了，只得吞吞吐吐地将此事告诉了队长张大波和汤立波，对方听到此事，大为恼火，当即召开了全体队员会。会上，大家一阵猛批："我们不是来旅游的，而是干黄河漂流探险大事的，家里没同意，你还要来黄漂，这事传出去，马鞍山黄漂队才下源头就有人离队，这让马鞍山黄漂队的面子往哪儿摆？"秦德根痛哭流涕地说："自己是铁了心要参加黄漂的，并拿出了自己所有积蓄，但无奈家里压力太大，忠孝不能两全，自己给马鞍山黄漂队丢了脸，对不起大家。"但事已至此，也只得放行。

4月15日，秦德根在玛多县正式离队，恋恋不舍地登上了开往西宁的客车，万般无奈地随姐姐返回了马鞍山。而当时马鞍山黄漂队遴选队员时，选中秦德根，正是因为他家在青海有亲戚，在漂流中遇到重大困难时，还想请其亲戚帮助一把，这下也指望不上了。

为了给漂流队下一步漂流筹资和筹备器材，同时将漂流队在黄河源头拍摄的照片、录音、录像尽快送回了马鞍山，马鞍山黄漂队决定，洪元锦、黄毅2人也一同返回马鞍山，汇报登上黄河源头的情况，并筹集黄漂队下一步漂流中所需的资金、食品、器材等物资。

从玛多下漂的各项准备工作继续进行着。马鞍山黄漂队首次亮出了队里的"宝贝"——带有双层气囊的海洋救生筏，在黄河冰面上加紧进行训练，每天都吸引了当地众多居民前来观看。

就在北京黄漂队、河南洛阳黄漂队还在踏着冰雪，向黄河源头的玛曲、卡日曲挺进之时，玛多县的天气逐渐转暖，黄河上游部分冰封的河面开始解冻，河面上满是冰块，冰块在滔滔的雪水中翻涌，向下游流去。已在玛多县城待了多日的马鞍山漂流队员们抢发黄河首漂的意念不断萌动，势如上弦，各项漂流准备在紧锣密鼓地进行中。

4月中旬，黄河已初步化冻，河水中流淌着块块浮冰，马鞍山黄漂队决定4月20日启程。当天上午，天气还算晴朗，队员们一大早就来到玛多县城黄河大桥下，紧张地进行漂流前的准备。当地朋友们争相用打气筒为三只橡皮筏充气，漂流队员们在筏子上系上尼龙缆绳，把携带的所有装备和食品等物资搬上橡皮筏，并在每个筏子上插上印有"马鞍山黄河漂流科学考察队"的红旗。队员们全副装备，头戴红白相间太阳帽，红色的队服上套着橙黄色救生衣，每人都带上风镜，胸挂望远镜、照相机，手中握着船桨，那种雄赳赳、气昂昂的阵势，还真使观看的群众羡慕呢。

上午11时许，张大波、汤立波、王来安、王越明、夏忠明、毛世卫和苗玉玺7名队员和在当地结识的朋友们一起，将海洋救生筏和2只橡皮筏推入玛多黄河大桥下的清澈雪水中，分别登上3只橡皮筏。此时前来观看马鞍山黄漂队出征的当地上百名群众在黄河两岸和黄河大桥栏杆边，一起为马鞍山黄漂队助威。而队员们高举划桨，向群众致意。随着"开漂"一

马鞍山黄漂队在玛多黄河第一桥下的冰面上。前蹲者苗玉玺,后排左起王来安、汤立波、夏忠明、毛世卫、张大波

声令下,队员们用划桨将橡皮筏撑离岸边,插着红旗的3只橡皮筏前后相连,很快进入黄河水流中。当地见惯了用羊皮筏渡河的人们,也是首次看到橡皮筏在黄河中漂流,感到非常稀奇。橡皮筏在水流的簇拥下,飞快向前漂去,玛多黄河大桥在视线中越来越远,桥上和两岸欢送的人群也逐渐模糊。

再见了,玛多!再见了,相识相交的朋友!在这前途未卜的黄河漂流探险的征途中,将会遇到哪些挑战,对这些从无水上漂流经验的马鞍山黄漂队员们来说,考验才刚刚开始。

第七章　初次领教黄河威力

　　黄河中的峡谷主要集中在黄河上中游，总长度约 1500 千米，大都岸陡流急，险滩众多，黄漂队能否闯过这些峡谷险滩，是漂流能否成功的关键。

　　4 月 20 日从玛多县出发后，马鞍山黄漂队选择靠近岸边的水路漂流。上游的河水清澈，水面上波澜不惊，但由于河水不是太深反易搁浅，队员们冒着寒风，紧握着船桨控制着方向，避礁石，绕浅滩，好在这段黄河落差不大，轻舟顺流而下，两岸灰黄色的河岸不断被甩在身后，难以见到绿色，但队员们心情都不错，饿了吃几块压缩饼干和肉罐头，渴了喝上一瓶矿泉水，昼夜兼行，一气漂流了 80 多万米，直到抵达果洛州达日县，队员们才登岸。

　　达日县县城就坐落在黄河岸边，属典型的高原大陆性气候，冬春寒冷而漫长，夏秋温暖而短暂。这里的山川风光雄伟壮丽，风景别有风味。有耸入云天的陡峭山峰，也有一望无际的原野；有大浪拍岸的黄河水，也有蜿蜒跌宕的溪流；有宛如明镜的湖泊，也有满溢神话的温泉。一望无际的草原上，飘来花的香味和泥土的芬芳，炊烟袅袅的帐篷、洁白的羊群、悠扬的牧歌，给人们带来了快乐温馨的意境。

　　这里古迹众多，在《格萨尔史诗》中描写的诸多遗迹，每一处都能讲述一段格萨尔的英雄故事。距县城 15 千米处的格萨尔王狮龙宫殿十分壮观，坐落在县城的珠姆广场上。

　　达日县是交通要道，集市比较繁荣，而且物价较低，是一个 10 元钱就能让人满载而归的地方。掌管全队财务的队长汤立波在县城街头的一个地方特产商店闲逛时，买了10个富有民族特色的长烟嘴，给每个队员发了一个，留作纪念。而马鞍山黄漂队员们也无心观光游览，直接找到县委县政府。得知马鞍山黄漂队到来，县里给予热情接待，并资助了马鞍山黄漂队120元钱。在盖过途经此地证明章后，大家在县城招待所睡了一晚，第二天又匆匆登船上路了。

在漂流到达日县下游甘德县黄河弯口的岗龙乡后，大家又累又饿，正好看到有个部队驻地，就上岸找到部队希望能弄些吃的。这是一支测绘部队，当官兵得知来客是马鞍山黄漂队，立即烧了一大桶稀饭，蒸了一屉馒头。尽管这些"娃娃兵"肚子都饿得咕咕叫，但在汤立波的半军事化管理下，还是蛮有组织纪律性的，围坐在桌子前一动不动。当队长汤立波发出指令："吃饭！"话音未落，大家如饿狼扑食般不到两分钟就将桌上的稀饭、馒头一扫而空，队员夏忠明因吃得较慢，剩下半个馒头刚放到桌上，就不知去向。为这半个馒头的事，夏忠明一直到龙羊峡时，还在耿耿于怀地追查他的半个馒头到底是被谁偷吃了。

前面就是黄河第一峡——官仓峡了。为做好首闯官仓峡准备，队员们在岗龙乡休整了一夜，而汤立波就是个夜猫子，研究闯关漂流的路线直到深更半夜，考虑各种可能出现的困难、上船队员的安排等。汤立波有个习惯，在写东西时总是喘着粗气，像打呼噜一般。队员们也弄不清汤立波是在写行动计划还是在睡觉，也都靠在床边不敢睡。而汤立波又总是喜欢在夜间敲队员的房门，通知一大早出发时间和哪个队员上哪条船。而队员们只有等到领受任务后，才能抓紧睡几个小时。而出发开漂前，汤立波还会给每位上船漂流的队员发一双球鞋、一包香烟，以资鼓励。

第二天早晨临行前，出于对马鞍山黄漂队的关心，这支青海军分区的测绘部队送给马鞍山黄漂队一张地图，此时马鞍山黄漂队才拥有了真正意义上的黄河上游地图。由于黄河上还从未有人漂流过，出于漂流安全考虑，更出于友情，部队安排了一名军官和马鞍山黄漂队在达日县结识的一位青海湖杂志社记者带着武器一同登船护送。"感怀友情深，送君十里行。"一直漂行一个上午，两人才和马鞍山黄漂队队员们分手告别。后来，在青海西宁，马鞍山黄漂队员又偶遇到这位军官，交谈中得知，两人中午登岸后，在荒野中遭遇狼群跟随，虽然手中有一支步枪和一把手枪壮胆，但想到草原上流传的一句谚语——"狼是藏族人民的朋友"，不到万不得已不敢射击，直至天黑才找到一户藏族人家落脚，翌日安全归队。

4月29日下午，马鞍山黄河漂流队到达了万里黄河第一峡——官仓峡。官仓峡位于青海省甘德县东南部的岗龙乡境内，峡谷两岸，水草丰美，绿草如茵，景色迷人。岸边的山坡分布着以青海云杉、祁连圆柏、桦树及山杨为主的原始林区，林间草丛中栖息有数量众多的高原野生动物。这一带还拥有赛西多卡石经墙、夏日乎寺院、晁通遗址、岗巴遗址、格萨尔王生活遗迹等多处文物遗址。其中险段约1万米，峡谷底部海拔3400米～3600米，河水落差大，两岸险峰陡壁，多处有规模不等的瀑布，气势磅礴，非常壮观。

漂进峡口，宽阔平缓的河面突然收窄，水流顿时变得湍急，河道两岸遍布着从山崖上崩塌下来的大小石块，如狼牙般露着尖锐狰狞的面目。为安全起见，队员们驾舟靠岸观察地形，这时天又下起了鹅毛大雪，落到河面上，一片沙沙声。在这荒无人烟的地方，队员们放弃了在野外帐篷过夜的打

马鞍山黄漂队在达日县下漂黄河上游第一峡——官仓峡

算，冒雪登船，在下午 5 点 40 分左右义无反顾地冲进了峡谷激流中。

大浪卷起连天雪，漂流队员们第一次真正领略到了黄河的威力。在两岸高山的夹击下，河道收窄，水流变得愈发凶猛无常，尽管队员们拼命划桨，但湍急水流并不由人支配，橡皮筏一会儿被冲得东倒西歪，一会儿被打得滴溜溜地旋转。刚掉转船头，对准航道，一个浪头打来，船却偏偏横着漂了出去，让队员急出一身冷汗；明明看到前方有一堆巨石，但想躲却躲不开，船不受控制地向着嶙峋怪石猛然冲去，叫人惊魂不定。

这时的橡皮筏如一片树叶，在水流的冲力下，速度越来越快。浪头冲击船头，一会儿抛向浪尖，瞬间又压到水底，好几次橡皮筏在大浪激流中失控，在露出水面的岩石之间横冲直撞。大浪一个接着一个扑来，橡皮筏里积满了水，但队员们无暇顾及，紧紧握着船桨，睁大眼睛，盯着水面，看到瞬间就到眼前的岩石，就用船桨拼命抵住绕开，大家心里明白，如果橡皮筏被刺穿漏气，那就玩完了。从未经历过这个场面的漂流队员面对大自然的威力，感到自己是那么的渺小无力。就这样绕过一个又一个弯道，避开一个又一个浪头，大家拼命控制船身，而黄河还在发威，大浪把队员们打得浑身湿透，冻得瑟瑟发抖。

就在小舟飞流急下中，一个大跌水把橡皮筏卷进水底，刚冒出水面又一个大浪扑头盖面而来，队员们有些扛不住了，当又一个弯道将橡皮筏甩到岸边浅滩时，队长张大波大叫赶紧掉转船头往岸边靠，这时坐在筏尾掌舵的队员王越明有些漂流经验，连忙制止说："现在只能顺着水流往前走，船千万不能横，否则定要翻船。"

在漂流中学习漂流，经过摸索，队员们掌握了一些要领，橡皮筏两边的桨手，随着"左快、右快，左快、右快"的号令，步调一致地默契划桨，橡皮筏沿着浪尖快速穿行，真是"两岸青山遮不住，轻舟已过万重山"了。

踏骇浪，穿急流，下险滩，绕巨石，在经历了几次巨大落差的摔打和与急流的惊险搏击后，马鞍山黄漂队的队员们渐渐胆粗气壮，漂流技艺也逐渐娴熟起来。

晚上 8 点左右，马鞍山黄漂队终于冲出了官仓峡最险峻的峡谷。仿佛是上天有意的安排，在狭窄的险滩之后，就出现了一处舒缓的浅滩。当水势变得较平稳缓和了后，这时大家都还没从惊恐中回过神来，瘫坐在筏子里，腿还在下意识发抖，一时都无法站起来。

黄河出了官仓峡后，远望有一座银装素裹的雪山，那就是藏族人眼里的"众山之王"——阿尼玛卿山（藏语意为"强健的祖先"）。此时，在马鞍山黄漂队员们的眼中，阿尼玛卿山就是一位白衣飘飘的仙女，是那么圣洁、美丽，围绕着十几座挺拔峻朗的翠峰如同是她的仪仗队，白云就是她的华盖，仪态万方的阿尼玛卿山是如此圣洁。

由于受到阿尼玛卿山脉和海拔4000多米松潘草原的阻挡，黄河突然调头向西南奔去，由阿尼玛卿山南麓流向北麓，形成一个大"U"形，绕道四川省后复从西北进入甘肃省甘南藏族自治州玛曲县（卓格尼玛），再重回青海省玛沁县境内，形成九曲黄河中的第一大弯曲。

紧挨着黄河第一曲的就是青藏高原最大的玛曲草原和玛曲湿地。在这1万多平方千米的大草原上，每年夏季，整个草原遍开整齐而又平展的金莲

马鞍山黄漂队队长张大波和队员王越明首漂黄河上游第一峡——官仓峡

花和天蓝色的龙胆花，连接天际，蔚为壮观。而总面积562.5万亩的玛曲湿地保护区是世界上保存最完整的湿地之一，由于有多条支流在这里汇入黄河，因而有着"黄河之肾""高原水塔"和"黄河蓄水池"的美称。再加上甘肃玛曲县境内星罗棋布的大小湖泊和沼泽湿地，构成黄河上游完整的水源体系。黄河支流在这片大地上画出无数条曲线，也画出了一片水草丰美的牧场。云的影子从无际的绿色上流过，牦牛群和羊群散落其中。大草原上星星点点的居所和帐篷中飘起的炊烟，在苍茫中飘逸。

马鞍山黄漂队员们在漂流到阿尼玛卿山西南麓时，就差不多"弹尽粮绝"了，既无食品，身上资金也所剩无几。在饿了两天后，实在撑不住了，只得在靠近曼尔玛附近的玛曲草原上了岸。这里河宽水阔，水势平缓，沙滩莹莹，卵石滚滚，岸旁花儿争艳，树上野雀竞唱。呼吸着大草原清新的空气，让人的双眸格外明亮，五脏六腑也如经历了一番洗礼般格外明净。

但马鞍山的黄漂队员们已无意在这里流连忘返，解决吃饭问题是当前第一要务，在找到一处帐篷后，由于语言不通，黄漂队员们打着哑语手势，拿着锅碗，还唱着歌，表达需要帮助之意。而藏族同胞们看到这些穿着潮湿队服、灰头土脸的漂流队员们也十分同情，当明白漂流队员几天没有吃饭的意思后，热情地将黄漂队员们让进帐篷内取暖烤衣服，并拿出糌粑、酸奶和奶茶招待漂流队员们。

为保存体力，寻求支援，队员们决定兵分两路，由张大波带着队员王越明继续下漂，而汤立波则带着其他队员抄近路，进入甘肃省境内，冒险徒步穿过松潘大草原乔科（藏语称"乔尔干"）大沼泽地，赶到甘肃玛曲县城做接应和筹集资金、食品。

乔科大沼泽地面积1000多平方千米，沼泽地平坦广阔，坡丘平缓，水草丰美，是得天独厚的天然草场，因出产河曲马（原名乔科马）而闻名天下。进入5月，当地气温有所回升，沼泽湿地中开满了无名的小花，成群的牦牛和羊群在草地上悠然地觅食，但队员们已无心情观赏这难得的风景，忍着饥饿，深一脚、浅一脚地在草地、水岩里跋涉，还要时时提防陷入沼泽里，遇到有帐篷的地方，就进去乞讨些食物，借住一晚，再继续赶路。

马鞍山黄漂队到达甘肃玛曲县。队长张大波应邀到玛曲县小学做黄漂报告。图为与学校老师们合影

外号大牙的队员王来安饿得实在走不动了，瘫坐在草地上，嘴里咕哝着："在上小学时，就知道红军爬雪山、过草地的故事，那时对红军吃树皮草根和皮带还不甚理解，什么食物不能吃，非要吃这些。现在想来，这些都是真实的，我现在饿起来连屎都敢吃。"走在前面的汤立波回过头来，把身上仅剩一块的糌粑掰了一半递给大牙，鼓劲说："事非经过不知难啊，比起当年红军爬雪山、过草地，我们现在境况要好多了，至少还能讨到食物，现在就是我们最现实地学习红军长征精神，你咬咬牙坚持一下，曙光就在前面。"

　　大家相互鼓励着，经过几昼夜草地穿行，5月5日早上队员们在黄河上游第一次看到了远处的灌木林，大家顿时来了精神，因为凭经验当看到有树林，那就是离县城不远了。来到距县城不远的黄河岸边、青海313省道附近欧拉乡欧强村时，这里距甘肃玛曲县城只有约55千米的路程了。队员们来到一户藏族人家中，这家主人名叫扎西，当得知是远方马鞍山来的黄河漂流队员后，热情地将队员们安顿下来，并马上联系上乡妇联主任沈凤英。沈凤英是汉族人，在语言沟通上没有问题了。当了解到马鞍山黄漂队的境况后，沈凤英立即打电话向乡里做了汇报。

此时，张大波带领着队员王越明在黄河中也是人不歇脚、马不停蹄地向前漂流，一路有惊无险，于5月5日下午顺利到达甘肃玛曲县欧拉乡。在看到张大波一行漂流队员安全漂流过来，大家高兴地抱作一团，喜极而泣。而乡里为迎接马鞍山黄漂队的到来，晚上专门摆了接风宴。乡妇联主任沈凤英热情致辞，对首漂黄河的马鞍山黄漂勇士们感到敬佩，在觥筹交错中，大家情不自禁地跳起舞来。乡里几位漂亮的女工作人员，拉着手把张大波从座位上拽起来，大家牵着手围成圈，在火炉边跳起藏族的民间转圈舞蹈，这真是把张大波乐得喜颠颠的，一夜都在兴奋着。

第二天，马鞍山黄漂队与乡里干部开展了一场漂流体验活动，乡政府工作人员轮流登上橡皮筏，在黄河中荡起双桨，体验在黄河上漂流的感觉。

在体验漂流后，乡妇联主任沈凤英还是兴致不减，表示要带着马鞍山黄漂队员到玛曲县城找县领导。而玛曲县对黄漂队员的热情超出大家的预料。在免费安排好住宿后，县委书记和藏族县长都出面看望了马鞍山市的黄漂队员，得知马鞍山黄漂队遇到的困难后，不仅县政府立即资助了600元钱，而且通过团县委发动机关青年开展募捐活动，帮助马鞍山黄漂队募捐到了300元。

在甘肃甘南藏族自治州玛曲县住了两晚后，大家恢复了体力，蓄足了精神，又有了食品等物资保障。5月9日上午，马鞍山黄漂队告别了热情的藏族同胞，又整装漂流出发了，箭头直指位于300千米外的青海省果洛州玛沁县境内的天险拉加峡。

为做好闯拉加峡的充分准备，马鞍山黄漂队在到达果洛州府玛沁县后，汤立波安排队员王来安返回马鞍山接应后续队员，其他队员暂时停留在玛沁县城进行休整。而汤立波则独自赶到黄河边上的军功乡对拉加峡上游沿线进行考察，尽量多地掌握险段水情资料，并在此基础上制定闯关方案、漂流人员上船安排以及万一发生险情后的应对预案。

军功乡位于果洛州玛沁县，海拔2500米，黄河在这里转了一个很大的弯，西岸是秀美的军功乡，北岸的阿尼贡群山下，就是青海省黄河沿岸最著名的格鲁派寺院拉加寺。两岸由建于1986年的拉加黄河大桥相连。在晴好天气，这里碧空湛蓝如洗，远处群山逶迤起伏，眼前山坡草茵如毯。汤立波无心欣赏这秀丽风光，一门心思地沿黄河岸边查看、记录着水情，一晃就到了傍晚，当他抬起头，突然惊呆了，满天的火烧云映红天际，那通红的云彩不时变换着形状，绚丽多彩，令人目不暇接，时而如同猛虎下山，时而又变作凤凰展翅，一会又化作长河波浪，那天马行空的变幻，全凭着自己的想象。

尽管汤立波是生性内向之人，但面对这自然美丽景象，刹那间激发起他创作的欲望，他迅速从挎包里拿出写生本，坐在路边山坡上，用炭笔勾勒着这千姿百态、转瞬即逝的奇景。就在他沉浸在素描的快乐中时，不经意感觉到身边有人，他猛地抬头，正好四目相对。是个当地的姑娘，红红的脸蛋，梳着一条长长的辫子，正含情脉脉地看着他，就如同一朵含苞待放的花，把情窦未开的汤立波羞了个脸通红。原来这个姑娘正好路经此地，看到山坡上有个年轻人在画画，于是好奇地来到汤立波身边，看着素描本上那一幅幅生动形象的草原和云彩速写，心中顿生了羡慕之情。

"你是哪里来的画家，我以前怎么没见过你？"姑娘大胆地问。

"哦，我是马鞍山黄河漂流队的，才从上游下漂到军功乡，你怎么会认识我呢？"

"啊！是来漂黄河的！"姑娘油然生出敬佩之情。

"你画得真好，我也想学画画，能教教我吗？"

"我们来黄河主要是探险考察的，同时也想把黄河上游沿途风光画下来。回去后创作一组黄河万里图，办个画展。让更多的人看到黄河沿线美丽风景。"汤立波觉得这姑娘还很真诚，不经意间把自己的想法说出来了。

"我要和你学画画，你办画展我也要去。"姑娘纯真而略显幼稚撒娇的表情，还真触动了汤立波的心扉，如带个志同道合的学生，也是个缘分啊。双方谈到绘画、各自家庭、对未来的憧憬，真是感觉遇到了知己，话也越来越投机了。确实，对有才华的小青年，哪个姑娘不心生爱慕呢？

当返回玛沁县城驻地时，天色已黑，大伙儿正为汤立波出去一天未回感到担心时，看到汤立波带回了一个姑娘，都大为诧异，七嘴八舌地追问汤立波，女孩叫什么名字，是怎么搭上的。而汤立波对女孩的名字、来历却守口如瓶，只是说这个女孩家住县城，想学画画，我教她一些画画的基本功。

第二天，这女孩还真的一早来到黄漂队员的驻地，看来是铁心要拜师学绘画。而汤立波从对物体的观察，对体积感和空间感的整体把握等基本要领，对女孩进行指点。尽管汤立波对这个黄漂途中结识的女孩很有好感，但由于后面还有下漂的艰巨任务，而且生死未卜，双方约定，待胜利完成全程黄漂，不出意外的话，一定请女孩来马鞍山继续学画画。这段在军功乡的美丽邂逅，在后来的黄漂途中，一直成为深埋在汤立波心里的挂念。

几天后，王来安如期返回，不仅带来了两大背囊的肉罐头、压缩饼干等食品，还带来了因事耽搁没赶上源头漂流的队员钱海兵。虽然在漂流中队员们都自觉地控制饮酒，但为给新上来的队员钱海兵接风，大家又开怀畅饮一番。而队员王越明高兴起来，几大碗啤酒就下肚了，结果胃病又犯了，疼痛难忍，好在是在县城，大家又是一顿折腾，赶紧将王越明送到医院去吊水治疗，因为不能失去这个黄漂主力队员。

第八章 黄河上第一次翻船

位于阿尼玛卿山东麓、青海省玛沁县境内的拉加峡是黄河上游一系列峡谷的总称，全长 216 千米。处于高原牧区向山地牧业—农业接合区的过渡地带，拉加峡谷地区核心地带的乃钦、尕珂与西哈隆河，均为黄河一级支流，发源于阿尼玛卿山脉。而三条支流汇聚的拉加峡也成为黄河上游河床最长、落差最大的峡谷。

拉加峡边上的拉加寺是享有盛誉的青海省著名佛教八大寺院之一。汤立波在之前上黄河沿岸考察时就得知这座名刹香火很旺。在先前往拉加峡漂流途中时，汤立波看到黄漂队员们单调乏味时，为提振大家精神，就给队员们介绍起了拉加寺来。

这座拉加寺，藏语称作拉加扎喜迥乃林，坐落在玛沁县黄河北岸的阿尼群贡（藏语意为"大鹏展翅"）山下，拉加寺是青海省黄河沿岸最著名的格鲁派寺院，又称"嘉祥寺"。该寺始建者为博通显密的一代名僧阿柔格西坚赞鄂色（1726～1803）。他受七世达赖指派，于清乾隆三十四年（1769）建成拉加寺，并采用色拉寺杰巴扎仓教程，创办该寺显宗学院。六世班禅曾授予他"额尔德尼墨尔根堪布"名号。乾隆五十八年（1793），阿柔格西付权于香萨二世罗桑达吉嘉措（1759～1824），自此历世香萨活佛成为拉加寺寺主。清光绪年间，朝廷授"香萨班智达"名号；民国初年因赞翊共和，国民党政府又封"善济禅师"。故香萨活佛世系在青海地区影响很大，塔尔寺、德干寺、隆务寺均建有其府邸。可惜的是，1958 年以后，该寺两次被严重毁坏，直到 1980 年后，该寺才得以重修，复具规模。该寺现藏《甘珠尔》等佛经 4000 余部，并供有相传迎请自印度的佛舍利 10 粒及僧舍利 100 余粒。

"拉加"系藏语译音，是指"四不像"的动物（麋鹿）。据说拉加寺在破土动工时，发现了一只"四不像"，故寺院以取其名。由于拉加附近盛产沙金，古来又是青海各地和古丝绸之路中的贸易集散交易地和交通要道，因而设有拉加寺渡口，当地矿产和特产如冬虫夏草、贝母、大黄等驰名中外的药材都是从这个渡口运往南方，生意非常兴隆，是九曲黄河上游玛沁县的一个古文明渡口。1986 年，在黄河两岸的拉加镇和军功乡之间建造了钢筋混凝土结构的拉加黄河大桥，沟通了黄河两岸，车来人往，更是热闹非凡。而拉加寺渡口也光荣"退休"，转变成为黄河源头一大文明古迹。

汤立波津津有味的介绍，吊起了大家的胃口。在马鞍山黄河漂流队到达了玛沁县城（大武镇）休整期间，大家一致要求见识一下拉加寺。

天光微曦，队员们就从玛沁县大武镇出发，乘车到达军功乡，穿过拉加黄河大桥进入河对岸的拉加镇，莫约 76 千米车程，来到了拉加寺。映入眼帘的是一片雄伟的寺院建筑群，近似于古典园林式的建筑风貌，既有藏族佛教寺院的特点，又有汉族寺院的建筑风格。整个寺院依山傍水，背靠阿美尼勒功山，松柏苍翠，蚕丝般的细溪潺湲，景物十分宜人。前面是滚滚黄河，气势磅礴。寺内僧侣众多，每年前来朝觐的群众更是成千上万。步入大殿，只见僧人们正在大殿中上早课，低沉的念经声和着飞檐下风铃的清脆，回荡在殿前的回廊间。

从黄河源头一路下来，到达玛沁县时，队员们每人身上带的食物都已耗尽，靠在漂流沿途变卖手表、胶靴，甚至忍痛卖掉一部照相机维持生存。汤立波在损耗了好几双球鞋后，再无钱买新的，就将脱帮的球鞋用麻绳绑在脚上凑合走路。而沿途的地方政府和各族群众，在得知马鞍山黄漂队遇到的困难后，给予了极大帮助，不仅沿线县政府免费提供住宿和接待，当地邮局还免费提供马鞍山黄漂队发电报和打长途电话，当地群众自愿捐款，提供食物，甚至有人还摘下自己的手表送给黄漂队员。到达玛沁县后，县政府也资助了 1000 元钱给予鼓励。这一切使马鞍山黄漂队感受到各族人民的友谊和真情，更增强了马鞍山黄漂队战胜一切困难，决心完成黄河全程漂流的决心。

探险不等于冒险。经历了官仓峡的惊险一跃，大家见识了黄河的威力，特别是在拉加峡上游玛沁县休整时，听到当地的一个传说：曾经有 10 个放排娃，在拉加峡冒险登上木排放漂，结果被峡内的激浪打入水中，最后只有一人生还。因而大家对漂流拉加峡更不敢掉以轻心了。每天晚上，汤立波从行囊包中翻出那张视如珍宝的地图，摊在桌上仔细观看琢磨，标出拉加峡的险关险段位置、每个跌水落差的高度等，做到周密准备，对可能遇到的危险进行了充分估计。为做到万无一失，决定分成两批进行漂流，队长张大波带着队员王越明驾舟在前面探路，汤立波带着其他队员在后面跟进，时刻保持通信联络。一切安排就绪后，队员们摩拳擦掌，信心十足。

5 月 22 日傍晚，天光渐渐隐去，马鞍山黄漂队员们最后检查了漂流装备，把橡皮筏充足了气，带上所有行李和食品。按照计划安排，张大波、王越明两人驾着 128 型军用橡皮舟首先从军功乡下水，拉加峡险段试漂，探索前进。进入峡口前，河面还较宽，水流平缓，水面平静如镜，可当进入峡口后，河床明显收窄，水流变得迅猛，橡皮筏漂流速度越来越快。此时天色已经全黑，两人只能借助水面泛起的白光，操控着漂流路线，夜半三更时，瞌睡虫不断地袭来，漂着、漂着人就禁不住迷糊过去。

这时，王越明赶紧从包里拿出两罐炼乳，说赶紧喝下去，提提精神。这个王越明是上海人，在玛多县城逛街时，意外发现商店里有卖上海产的"熊猫牌"炼乳，还很便宜，他知道这是好东西，一气就买了 50 罐以供备用。就在两人喝下几罐炼乳，感到有了气力后不久，就听到前面有隆隆的声响，已有一些漂流经验的张大波敏锐地感觉不对劲，前方可能有大跌水，果然王越明借着月光观察后，叫道"前方水面好像有一条白线"。

"不好了，前面果然有大跌水。"张大波拿起望远镜仔细观察后，也跟着叫起来。两人赶忙划桨往岸边靠时已来不及了，说时迟那时快，橡皮筏如离弦之箭般翻滚下大跌水，一霎间就被卷入巨浪之中，两人憋住气，紧紧抓住筏上的缆绳，当橡皮筏冒出水面时，王越明身上的救生衣已被激浪打掉卷走了。

此时，夜间挑灯在峡谷岸边的淘金人和悬崖上采挖冬虫夏草的人看到河中有个黑影在浪中起伏，由于从未见过黄河上有过船只，不知是什么怪物，也吓得大声惊叫。水流越来越急，两人使出全部力气，刚稳住皮筏，前面又是个大跌水，翻卷的浪头一下就把船打横了过来。这次就没有那么幸运了，这是一个险滩，惊涛拍岸，卷起千堆雪，悬崖下满是峥嵘的岩石，河谷内足有5米落差的水流汹涌奔腾，翻着吓人的白浪，橡皮筏如一片树叶，毫无还手之力地被激流大浪裹挟着，一头栽下跌水，眨眼间就倾覆了，船底朝天，就像一条大鱼裸露着漆黑的肚皮。两人在水中紧紧抓住船舷边的缆绳，随波逐浪中经受着如刀似割激流的冲刷，救生衣、外套队服已被冲得不知去向，两个不怕死的壮小伙儿体力也支撑不住了，在坚持了十几分钟后，又一个卷浪扑来，倒扣的橡皮筏在水中猛烈地上下弹跳，强大的水力硬生生将两人从船舷边扯开，瞬间被巨浪冲走。

张大波从橡皮筏脱手后，被大浪卷到水下，虽然呛了几口水，但头脑还是冷静的，他憋住气，在水下闷了近1分多钟，当把头探出水面时，人已被冲出了40多米。在这激浪中，就是水性再好，也根本无法划水，他心想，这下恐怕要完蛋了。在水里起伏约20分钟后，看到前方有一块露出水面的岩石，求生的欲望使他不顾被岩石撞击身亡的危险，拼命向岩石扑去，顺势抱住石块，才停了下来。在惊恐未定时，他大声喊叫："王越明，王越明，你在哪里！"好在听到了回应，原来王越明也被卡在另一块岩石上了。两人抱着岩石喘着气，休息了一会儿，幸好离岸不远，他们三扒两扒地游到岸边。只见有一只船桨孤零零地卡在前面的石块中。

刚进入拉加峡口第一关就翻了船，橡皮筏、救生圈全都被水冲走，身上所携带的食品、两部照相机、300元钱、望远镜和救生衣也一个不剩，唯一的装备就是从岸边拾回的一只船桨。两人又冷又饿，可是在这无人区只有靠自己求生存了。两人沿河边走了一段路，看到有较低的山崖就爬上去，回看峡谷河面，虽然只有20多米宽，但水流湍急，发出阵阵轰鸣声，也不知后面的漂流队员境况如何，虽然有些后怕，但能死里逃生，还是感到幸运。两人顺着山崖，按照黄漂队事先制订的计划，沿着黄河向同德县方向走去。

由于与激浪长时间的搏斗，已消耗尽体力，加之长时间没有进食，两人已全身发软无力，步履艰难。当看到前面有个帐篷时，就像抓到了救命稻草，深一步浅一步地挪了过去。这是一户采冬虫夏草的藏族同胞，当见到两个人踉踉跄跄地走进帐篷，大吃一惊，警惕地举起猎枪，心想在这无人区怎么还有外人。张大波赶忙比画着，叫藏族同胞不要开枪。虽然语言不通，但看到他们身上的马鞍山黄河漂流队队服，藏族同胞明白了是在黄河漂流中翻船了，流落到此。心地善良的藏族同胞递上一盘羊肉粑粑，倒上两杯羊奶，两人也顾不上什么膻味，狼吞虎咽地将食物一扫而光。感到身上气力和热量有所恢复，但碍于语言不通，两人就跪地向藏族同胞磕了几个头，表达感激之意。他们明白，是这位藏族同胞救了自己的命，否则不被黄河淹死也得要被冻死、饿死。

好心的藏族同胞收留两人在帐篷内过了一夜，第二天早上离开时，为感谢藏族同胞的救命之恩，王越明把身上唯一一块电子表送给了他，而他送了些干粮给两人带上路。到同德县还要走多远，两人谁都没有底。

在这黄河上游的无人区里，四野茫茫，天空的云块不时地撕裂开来，一朵朵散乱地飘向四面八方。一会洒下点细碎的阳光，一会又漫天飘雪还夹杂着冰雹。两人将队服披在头顶，在这荒凉的高原上漫无目的地奔走。

由于指南针在筏上冲走了，在荒野中实在辨不清方向，走了大半天也不见个头，而天色也暗淡下来，越来越黑了，浓密的云层遮住了星光，两人十分疲乏，决定找个背风的土窝度过一晚。五月的高原夜晚仍十分寒冷，他们从四处找来一些荒草和灌木枯枝，好在张大波随身携带的香烟和打火机放在内衣口袋，幸存下来。二人用打火机点着枯草，加上枯枝，火苗顿时蹿了起来。张大波掏出仅剩下的半包红梅烟，将被水浸透的烟卷放在火上烤干，美美地吸了一口，对有烟瘾的人来说，香烟也算是半个口粮。而一边的王越明是不抽烟的，但看到张大波那吸烟的陶醉样，也要了一根烟来抽，但刚吸一口就被呛得大声咳嗽。这一声响引得边上草丛里一阵响声，吓得两人一大跳，虽可能是野兔之类的小动物，但两人突然感到有些害怕了，因为越是荒无人烟的地方越是野兽出没的地方。

也不知过了多长时间，就在两人昏昏欲睡之时，王越明微微睁开眼，看到前方不远处有两道绿光，他一个骨碌爬起来，拉起张大波说："那是什么光？"张大波揉了揉眼，定睛一看，连说："不好了，那不是什么绿光，那是野狼。"两人立即紧张起来，不一会儿，两道绿光变成四道绿光，果然是野狼朝着篝火过来了。野狼没有号叫，只是静静地在十几米处盯着对方。张大波操起身边船桨，挥舞起来，想吓退野狼，而王越明一边在篝火上加树枝，把火烧旺。饥饿的野狼也在寻觅着食物，它们在狡猾地等待机会，而张大波、王越明此时已被吓得睡意全无，第一次面对面看着凶猛的野狼，心里也是紧张万分，背靠土窝，等待着你死我活的搏斗。

两只狼在慢慢靠近，在篝火的映照下也看得越来越清楚，野狼个头不高，毛色灰黄肮脏，尾巴拖在地上，竖着两只尖尖的耳朵，打着哈欠时嘴里拖着黏黏的哈喇，露出獠牙，眼睛发出逼人的绿光。两人不禁打了个寒战，张大波心里明白，野兽也怕人，你不主动攻击，野狼也不敢贸然扑上来。双方就这样对峙着。天光逐渐微亮，也许是看到没有下手机会，其中一只狼扭头跑了，另一只待了一会儿，也跟着离开了。此时两人才稍微松了口气。这时张大波这个大喇叭又得意地吹嘘起来："这两只狼是一公一母，是找地方交媾的，还没有吃人的欲望。"王越明听了发笑，但也附和说："幸亏是两只狼，如果是狼群，我们今夜就没命了，够狼群吃好几餐的，还是赶紧逃命吧。"两人也没什么收拾的，拔腿就往野狼出现的相反方向奔跑，直到跑不动了才停下来。

由于找不着方向，王越明提出还是沿河边走吧，至少方向不会错。两人就沿着山崖，翻山越岭。当地海拔有3000多米，走得时间长了就感到缺氧喘不上气，两人脚上全起了水泡，脚板着地疼痛难忍，就用船桨当作拐棍，一瘸一拐往前捱。

也不知走了多少里路，突然张大波看到远方朦胧处有一座桥梁。有桥就有人，两人顿时像打了鸡血般振作起来，这是青海省黄南藏族自治州河南蒙古族自治县的铃木特悬索吊桥。接近吊桥，又见到了藏族同胞的帐篷，两人甭提有多高兴，这些藏族同胞中，有一位当过兵，见过世面，会说汉语。当得知是马鞍山来的黄河漂流队的队员后，那位同胞立即热情起来："马鞍山我知道，那里有个马钢。"张大波感到遇见知音了，连忙介绍："我就是马钢的，这次是来漂流黄河探险，在拉加峡翻了船，东西都给水冲走了。"

"你们是来漂流黄河的啊，我们从电视上看到了，好像有河南、北京几支漂流队，真正遇到漂黄河的，你们马鞍山还是第一个呢。"在一番交流后，藏族同胞把两人安顿在帐篷里，递上奶茶给解解乏。"你们先在这里休息一晚，明天我找个拖拉机把你们送到县里去。"听到这么关切的话语，两人心都定了下来。

第二天上午，这位热心藏族同胞带着张大波和王越明来到吊桥边，因为这位藏族同胞与当地来往的老乡都很熟，很快就联系上一个到县城的拖拉机司机，用藏语交谈请这位司机把两个黄漂队员送到河南蒙古族自治县城。一听说是河南蒙古族自治县城，两人当即就懵了，不是要到海南藏族自治州同德县去的吗，怎么方向走反了，南辕北辙地走到黄南藏族自治州的河南蒙古族自治县了呢？两个县城一南一北，之间相距几百公里啊。原来他们误走到黄河的一条支流上了。但事已至此，那就走到哪里算哪里吧。两人窝在拖拉机挂着的车斗里，任凭车辆在碎石路上颠簸。拖拉机速度慢，在路上整整开了大半天，当到达河南蒙古族自治县县城时，两人浑身上下仿佛散了架。

由于信息已传到了县里，县政府对黄漂勇士能来到河南蒙古族自治县表示欢迎，县长还专门派了一个秘书将两人安排到县招待所住下，并安排了丰盛的晚餐。好多天没吃到大米饭了，两人也顾不上客气了，埋头在饭碗里，不一会儿就把饭菜一扫而空。此刻，他们才感到浑身痒得难受，急忙要洗个澡，当回到招待所房间脱下衣服，不仅头发里一抓一大把，就连裤裆裤头里都满是虱子。两人彻底把身上污垢清洗干净，感到舒服多了。接着又把衣服放在开水里烫了几遍，晾了起来。当一切安顿下来，已是晚

冲击拉加峡成功

上九点半了。

第二天早上，两人还在呼呼大睡，县里秘书就赶过来安排早餐了。两人赶紧起身，匆匆洗漱后，来到招待所餐厅。在得知所有物品都在漂流中翻船而损失了后，秘书立即打电话向县长做了汇报，而县长得知后，马上叫县政府提供了300元钱资助。而此时，张大波最关心的就是，跟在后面的队员在拉加峡漂流中是否安全通过了。

第九章　拉家峡英雄生死路

　　就在张大波、王越明落下第一个大跌水后，第二批漂流队员王来安、夏忠明、毛世卫、苗玉玺和钱海兵在队长汤立波的带领下下漂了。由于海洋半密封救生筏空间较大，6人全部进入了海洋救生筏，而将行李、食品等物品牢牢绑在敞开式橡皮筏上，拖在密封筏后面，开始跟进漂流。在送行的人们中，军功乡武装部长站在吊桥上，举枪向天空打了整整一梭子子弹，那"哒哒哒"清脆的枪声如同鞭炮，在为马鞍山黄漂队送行，而队员们也感动得泪流满面。

　　由于联络不通，大家对张大波、王越明的探路筏已翻船落水一无所知。大家看到水流平缓，水面如镜，心情都很好，大家也不划桨，任凭水流带着筏子向下漂去，担任瞭望员的毛世卫在舱门用望远镜观察前方，怎么也看不到前面探路的船只，就一个劲儿催促舱后的队员快点划，好赶上张大波的橡皮筏。很快他们就遇到第一个大跌水，但由于是海洋救生筏，大家紧紧抱住筏子船舱中间的气柱，大筏"哐当"几声就冲了下去，尽管十分吓人，但大家心中都还不是很慌张。

　　随着河道收窄，水流变急，黄河开始了真正的咆哮。黄河如沸水般翻滚，把河边一草一木全部卷进主流，船速不受控制地越来越快，汤立波站在船头，乐观地高喊："兄弟们，照这个速度，我们可以赶到龙羊峡过端午吃粽子了！"可话音刚落，橡皮筏很快就一头栽进了第二个大跌水中，海洋筏也被卷入旋涡中，船身在剧烈翻腾抖动，将队员挤到一堆，在颠簸的船舱里打滚。当密封筏冲出一个接一个的跌水后，在河道第六个大拐弯处，被大浪掀到了岸边。看看天色已黑，汤立波只能自食其言，决定还是上岸扎营，待第二天察看水势后，再决定下一步漂流计划。这里是水边比较平缓的河滩，布满了大小不等的从山崖上滚落的棱角锋利的大石头，队员们选了一处石头较少的滩地，支起了两个野营帐篷，一部分队员在生火做饭，部分队员用身边的锅盆对船舱进行排水。还不忘在营地上打一面写着"勇闯险关"的红旗。

在河滩上过一夜真是难熬，深夜气温降到零下，队员们将能穿的衣服都裹紧在身上仍冻得瑟瑟打战，大家只得从帐篷内钻出来，从崖边上找来枯枝点起篝火，在篝火边又蹦又跳地运动取暖。还是无法御寒，于是队员们又全部挤进海洋密封筏内，这个海洋密封筏底是双层气囊，可是在冲击峡谷岩石时被划破漏气了，筏底贴在冰舌上，把大家冻醒，队员们赶紧把筏子掀了个个儿，检查漏气的地方，往漏气的地方撒尿，尿液很快就冻成了冰，暂时封堵住了漏气处，这是队员们在严寒气候漂流中，摸索到的临时封堵皮筏漏气处的小诀窍。

第二天上午天气晴朗，队员们用携带的胶水、火补胶等修补工具，又把漏气处补上，收起帐篷和漂流装备，继续登船下漂。高原气候的特征是太阳一出来就很热，给人感觉到仿佛天上一个太阳，水上一个太阳，让人防不胜防。队员钱海兵和毛世卫在密封筏内感到透不过气来，就转到后面的橡皮敞筏上。太阳当空照，人暴露在阳光下，没有一点遮阴的地方，强烈的紫外线照射，加上高原空气稀薄，皮肤顿时就被晒得火辣辣的，还没支撑一个小时皮肤就被晒出一个个拇指大的水泡。大家感到在烈日下漂流晒得无处躲藏，人吃不消，于是又靠了岸。队员躲在山崖下阴影处，打着赤膊，用衣服当扇子使劲摇，让自己凉快一些后，再用打气筒给橡皮筏充足了气，抓紧休息，保存体力，等待着太阳下山再漂。而汤立波也没闲着，带着队员毛世卫，在岩壁上用红漆写了一个又一个大大的"险"字，并加了几个大惊叹号，以警示后面过来的河南、北京黄漂队。

太阳西沉，余晖如血。山崖的阴影覆盖了河面，奔腾的水流发出"哗哗"的声响。晚上5点多钟，大家收拾起行李，趁晚登船下漂。在激流汹涌的黄河边，队员们光着身、赤着膊，打着红旗，如开赴战场般视死如归。而汤立波身穿红色背心，头上扎着一条红布带，展现出舍我其谁的气势。"我们要第一个漂过险峡，给后面人留下足迹。"汤立波发出动员令。

夜间漂流，虽然没有太阳的炙烤，但能见度变低了，船头的队员打着手电筒警惕地查看着前方水流，但几条光柱在这悬崖如盖的峡谷下，微弱如荧光，根本无法看清前方的状况。

而前面就是让人惊悚的"三姐妹"险关。队员们已从当地人口中得知，黄河中有个"三姐妹"险关，40余米宽的峡谷河道上，有三块岩石矗立在河道中间，呈三角形分布，历史上在这个地方翻船死的人很多，没有高超掌舵经验的船很难闯过。当激流卷着海洋筏在水面飞快漂行时，很快就隐约看到前方黑乎乎一片，像是黄河的一个弯道，船头导航的汤立波和王来安急忙高喊："前方好像有障碍物。"队员们顿时紧张起来，每人握着一支船桨伸出舱口，如临大敌般地盯着前方。此时密封筏在激流的作用下，在水中疯狂地旋转，剧烈地战栗着，进入大跌水后，橡皮筏一会儿窜到浪尖，一会儿又突然沉到水下，浪头没过头顶，一会儿把队员们从舱口甩到舱尾，一会儿又将他们甩到船头，舱内黑得伸手不见五指，在一次又一次的挣扎中，为防止有队员落水，大家就不断地互相叫喊，"王来安在吗？""在！""毛世卫在吗？""在！""钱海兵在吗！""在！"队长汤立波也在大声高叫："大家都在吗？""都在！"……这是给自己打气，也是给大家壮胆，最后大家嗓子都喊哑了。

黄河上游，气候变幻无常。此时，突然又下起了瓢泼大雨，前方黑雾茫茫，而马鞍山黄漂队员们强烈的求生欲望使他们也不知什么叫畏惧了。当橡皮筏高速接近岩石时，队员毛世卫和夏忠明探出舱口，在迷蒙般的雨水中使劲睁大双眼，每人操着一支铝合金的船桨，一边大喊着"快稳住、快稳住"，一边在黑夜朦胧中，努力控制着船的方向，瞅准水中岩石之间相距较大的空隙，用浆一把撑住岩石，拨转船头，就像赛车高速通过障碍物一样，密封筏以45度的倾角，"嗖"地从岩石边飞流而下。水流撞击岩石溅起的凶猛浪头，劈头盖脸地扑向密封筏，露出水面的峥嵘锋利的岩石，

黄河绕着圣山阿尼玛卿山，转了 U 形弯，形成黄河第一曲

一下就撕裂了船舱上的帆布，将队员们全身打得湿透。

当回头看着那黑黢黢的岩石落在身后，大家仍惊魂未定，心有余悸，谁都说不清是怎么稀里糊涂就闯过来了。

前方的跌水一个接着一个，这时队员们已有了经验，遇到跌水就紧紧抱着舱内的柱子，也亏得这个海洋救生筏厚实，对小一点的岩石也能经得起撞击，一夜漂流了 100 多公里后，眼看离峡谷出口不远了，队员们紧张的心情也放松了。早晨的阳光柔和地洒落在粼粼的河面上，浮光跃金，一夜紧张未眠的队员们享受着温暖的阳光，疲惫地倒在船舱内昏昏欲睡。

随着天光大亮，两岸的山崖也仿佛从睡梦中醒来，展现着巍峨的英姿，峡谷下的河面也不宽，窄处也就约莫 30 米，岸边都是连片的碎石。一道雨后彩虹挂在天上，一道道白练般的瀑布挂在两岸山崖上，真是美极了，大家纷纷拿出相机一个劲儿拍照，欣赏这只有在黄河峡谷中才能见到的壮观美景。看到大家也难得有个好心情，汤立波悻悻地说："还是到拉加寺走一遭灵验吧！"边上苗玉玺连忙打住："这只能在心里意会，前面还不知有什么危险呢。"而毛世卫一高兴就亮起歌喉唱起了《在太行山上》:"红日照遍了东方,自由之神在纵情歌唱……"

然而,他们高兴得太早了……

此时,峡谷内水流仍然达到每秒800多立方米流量,海洋筏如漂在水上的驼峰,在激流的挟裹中忽上忽下地随波逐流,快速向下游漂去,被撕裂的橙红色篷布,像一面破旗被风吹得呼啦啦地翻卷着。汤立波拿出随身携带的小本子,抓紧时间记录着一路过来,经过了几个大跌水和落差,累计一数,已冲过了15个大小不等的跌水了。

黄河并不是驯服的绵羊,一有机会还是要张开嘴"吃人"的。很快,苗玉玺的话就应验了,就在中午12时许,当橡皮筏刚出峡口,水面看似平坦,但平坦下就张着一张"大虎口"。这个大跌水险滩可厉害了,落差近10米,古来这里翻船死人无数。看到橡皮筏像脱缰的野马向前冲去,大家预感到情况不妙了,队员们赶紧做好应对准备,刚扎紧身上的救生衣,前方那条翻着浪花的白线瞬间就到了眼前,伴随着巨大轰鸣声,海洋筏如垂直落体一般,一头栽进了近6米高、瀑布般的大跌水中,被巨大而恐怖的旋涡一下掀了个底朝天,6名队员全部被甩出舱外,被大浪吞入河底。

几分钟后,队员们从水中探出头来,眼看着离岸边不远,但谁也无法从激流中脱身,只能无能为力地被胁迫着向下游冲去。队员互相叫喊着,在流急浪高的汹涌浪涛中,声音是那么微弱。求生的欲望使队员们挣扎着把头露出水面,但一个浪头扑来,把呛水的队员又打入水下,也不知道在水中挣扎了多久,队员毛世卫看到前面一个大拐弯处有一个浅滩,冒头深深吸了一口气后,拼着全身力气向浅滩游过去,趁着水流回旋机会,一把抱住浅滩上的一个大石块,在感到自己脱险了后,已经是全身瘫倒。当队长汤立波使完洪荒之力,最后被同伴拖上岸时,已是脸色煞白,肚子鼓得老高,已不知喝进了多少河水。一阵呕吐后,神智才有了恢复。幸运的是,筏上所有队员因抱团在一起,没有被冲散,都被河水冲到浅滩处,无人失踪。

大家在碎石滩上匍匐良久,才回过神来,看着身下滚滚河水奔腾而去,被打翻的海洋密封筏和装载着帐篷、行李、食品的橡皮筏已不见踪影。所有队员们湿淋淋地瘫坐在河边发呆，随身携带的望远镜、照相机、现金、救生衣、救生圈等物品全部被黄河吞没，好在人都活着，这也算是不幸中的万幸了。

河滩两岸依然是高耸的山崖，队员们也不知道自己身处何方。看着天色渐晚，不知何去何从，大家都把目光投向了汤立波。汤立波毕竟是漂流队的主心骨，虽没有上通天文、下知地理的能耐，但书是比大家多读了些，脑子也灵活好使，在关键时刻总能想出办法，所以大家都愿听他的。在观察一下地形后，汤立波指着边上的山崖对大家说："我们现在已经一无所有，不能坐在这儿等死，要爬上山崖去，只有爬上山崖，找到人烟处，才有活路。"汤立波的提议得到大家的赞同，在体力稍微恢复了后，队员们两人一组，相互搀扶，抓着树枝，蹬着石块，咬紧牙关，一步步向陡峭的山崖上攀爬。经过半个多小时，好不容易攀上崖顶，眼前只见连片山脊荒坡延伸到远方，没有人烟。

天色已晚，在朦胧的夜光中，大家也分不清方向，就沿着黄河的流向摸索前行。大约走了2个小时，终于看到前方有两个帐篷，在青藏高原上经历了一个多月，队员们已长了见识，有帐篷就有救。这是个游牧藏族同胞放羊的帐篷，当队员们心中一阵庆幸，感到有救了时，迎面就遇上2只藏獒，这足有小马那么高的藏獒，全身拖着长长的黑毛，眼睛凶狠地盯着对方，嘴里发出着低沉的吼声。不叫的狗最凶猛，这可把手无寸铁的队员们吓坏了。就在紧张对峙时，从帐篷里出来一个藏族同胞，看到不知从哪里冒出来衣服湿透的一伙人后，很是吃惊，愣了半天。

好在藏族同胞还能说点汉语："你们是什么人？"

汤立波急忙上前应答："我们来自安徽马鞍山，是上黄河漂流考察的，在前面峡谷里翻了船，流落到这里。"

"是黄河漂流队啊。"藏族同胞喝退了两只藏獒，把队员们让进帐篷里后，用汉藏语夹杂地招呼，大意是，乡长正在附近放羊，一会儿就要回来了。果然一个小时后，一位中年人赶着一群羊从山梁上下来了，走进帐篷后，得知是来自远方安徽马鞍山黄漂队，在黄河漂流翻了船流落到此后，热情地端上藏族同胞的主食——青稞面做的大饼和酥油茶招待客人，并煮了一大锅像纺锤形毛茸茸的果子。队员们此时也饥不择食，顾不上什么礼节了，手抓着大口吃了起来，而这位乡长用着生硬的汉语笑着说："你们要吃饱，吃得饱饱的，才有力气。"

队员们就觉得这个像螺丝菜的植物还蛮好吃的，清脆还有些甜味，好奇地问："这是什么植物？"这位藏族乡长嘿嘿地笑着说："这是当地特产，叫蕨麻。"队员中有人听说过，这蕨麻可是名贵中药材啊，因有像人参那样的延年益寿功效，因此被人们美誉为"人参果"。由于盛产于高原藏族居住区，藏族同胞经常用来作为食物，这在马鞍山黄漂队员们的认知中，真是有种暴殄天物的感觉啊！

交谈中，藏族同胞问："你们是在哪里翻船的？"

"好像就在快出拉加峡口那个地方。"队员们也弄不清翻船的详细位置，含糊地说。

藏族同胞更加惊愕了："死人了吗？那个地方叫'老虎坡'，你们敢闯那道鬼门关，真要有些胆量。"

"你们这里是什么地方？"轮到汤立波问了。

"这个地方属同德县唐乃亥乡。"对方回答。

这下轮到黄漂队员们吃惊了。从制定的漂流路线图上，就标有黄河边上的唐乃亥乡。这样算来，从翻船处走到此地，已有几十里地了。

"同德县在哪个方位，该怎么走？"同德县是黄漂队约定好的集结地，大家心里都急迫地想赶到那里。

"不远、不远，也就3个多小时路程。"这位藏族乡长也许出于好心，没把路程说得太远。

在藏族同胞帐篷内过了一夜后，一大早队员们就出发上路了，在沿着黄河岸边山崖上起伏的小路上，大家闷声不语，步履匆匆，但方向不对，又没有了地图，整整走了一个上午，始终不见县城的影子。疲惫的汤立波已变得不耐烦并显得有些怪异，不断地自责，怪自己一时麻痹，被一时胜利冲昏头脑，给漂流队造成重大损失。走在边上的王来安赶紧安慰他："漂流中翻船是正常的，谁也没有怪你。船没有了，人还活着，大不了我们到厂家再进几条过来就是了。"

中午时分，大家走到了一个村庄，由于身上一无所有，只得到村头的一家讨点吃的。这家的大妈心肠好，每人给了一个馒头，大家狼吞虎咽吃了。继续上路不久，眼尖的毛世卫，突然发现在黄河对岸的岩石堆中好像有个橡皮筏，立刻大叫起来。大家定睛一看，正是那个海洋筏被水冲在乱石堆中间。找到了被水冲走的海洋筏，队员们一阵大喜。但隔着黄河怎么才能把筏子弄过来呢？队员们又折回村里，找村民们借了一个羊皮筏。但谁过河去？由于领教了黄河威力，队员们此时都面面相觑。这时，钱海兵自告奋勇站出来："我过去，不就是小命一条吗！"

这个羊皮筏，当地人称为"排子"，是黄河上古老的交通工具，它由十几个气鼓鼓的羊皮"浑脱"（囫囵脱下的羊皮经浸水、曝晒、去皮、扎口、灌入食盐和香油等一系列的炮制工序制成），并排捆扎在细木架上制成，重量轻，浮力好，使用寿命也长。一个藏族同胞带着钱海兵登上羊皮筏，向对岸划去，由于水流急，羊皮筏一下水，就被冲得老远，幸亏划船的藏族同胞是个老手，坐在羊皮筏上稳稳地控制筏的走向，好在河面不是太宽，又有大片鹅卵石河滩，在水流的作用下，羊皮筏在水面留下弯曲的弧度，总算划到对岸。蹲在羊皮筏上的钱海兵迅速爬上岸，使出吃奶的劲儿，把80多公斤重的海洋筏从河滩上的岩石中拖了出来，绑到羊皮筏后面，经过近1个小时的努力，总算是把失而复得的这个漂流队最为贵重的"宝贝"运过河来。尽管已是5月，但黄河的水依然冰冷刺骨，当大家把钱海兵扶上岸后，他已被冻得发抖，全身起鸡皮疙瘩。

到底是这个海洋筏子质量好，虽经过锋利岩石的多次剐蹭，双层气仓居然还没有大的破损，只是上面的密封舱帆布被拉得百孔千疮。

从距离上看，这里距海南藏族自治州同德县城已经比较近了，村里人也为马鞍山黄漂队的执着精神所感动，主动提供了几匹马，于5月24日将5名黄漂队员和找回的橡皮筏送到了60多公里外的同德县城。

第十章　黄漂热点争论升级

马鞍山黄漂队从黄河源头下来后，物资和资金已严重匮乏，加之天寒地冻，黄河上游还是千里冰封，马鞍山黄漂队一面在玛多县临时休整，一面派洪元锦和黄毅两人火速赶回马鞍山。一是送回登上黄河玛曲源头的照片、录像等资料，二是继续寻求政府和社会各界支援。

1987 年 4 月 24 日星期五下午，经过市工人文化宫管亚楠和市报社记者李鹰的努力，马鞍山市分管文体工作的女副市长朱佩蓉，在市政府办公室会见了返马寻求支援的黄漂队员洪元锦、黄毅等一行。

"今天我与市体委负责人，还有政府综合三科的陈秘书、报社的李记者都在，听听你们的情况。"朱佩蓉直接开门见山地说。

"我们马鞍山黄河漂流队于 3 月 20 日、21 日分两批出发，3 月 23 日到达青海西宁，4 月 4 日下午 5 点 30 分到达黄河源头，成为首支登上黄河源头的黄漂队，全国有多家媒体都做了报道……"黄毅把黄漂队的行程简单做了个汇报。

"你们出发前做了哪些准备？你们的橡皮筏在哪里买的？买了几个？多少钱？有哪些单位给予赞助？"朱佩蓉关切地问。

"筏子是在上海橡胶四厂买的。市传动机械厂、上海食品公司、芜湖天河羽绒厂等都给了我们赞助支持"。洪元锦回答。

"你们需要什么帮助？"朱佩蓉问。

"我们食品严重缺乏，又没钱，所以人家吃饭，我们就睡觉养精神。"黄毅接着说。

"这个传动机械厂老金（金铭鑫）给你们支持不小啊！我们市里的快餐厂'五一'就要投产了，不知快餐能不能保鲜，如果能保鲜，我们可以提供一些食品。"朱佩蓉若有所思地说。

一边的洪元锦觉得没说到关键上，赶紧补充说："北京、河南黄漂队都有自备车辆，有十几家新闻媒体记者随队报道，还配备了枪支、匕首、电台、报话机、军大衣和信号枪等，还有武警来保护，我们也希望有这些装备，还想要个记者随队，进行报道。"

朱佩蓉听得很认真，把队员们的诉求都记在本子上。

"你们漂流黄河的热情很高，你们出发漂流的消息我从报纸上都看到了，文化宫管亚楠见到我就说，我市组织了一个漂流队，是他最先告诉我马鞍山市黄河漂流队奔赴黄河源头的信息，市长也很关心这事。对于你们写给市政府、给全市人民的一封信，市政府很认真地做了研究。市政府的意见是要向上级请示，这是对你们负责，具体事情市政府委托市体委来负责落实。"朱佩蓉关切地说。

"我们已向省体委请示了，得到的答复是：不提倡、不组织、不反对。"市体委副主任施茂琪赶紧插话解释。

当时的情况是，当马鞍山市体委打了报告给省体委后，省体委也是高度重视，由于对江河漂流这一体育运动在国内还没有设立这个项目，只是1986年轰动全国的长漂活动，才让国人开了眼界和认知，知道了原来国际上还有漂流这样的体育运动。省体委领导班子慎重研究后也拿不准该不该支持，在打报告给安徽省政府后，省政府的意见是先请示国家体委，看看上级的意图再说。于是省体委一纸报告又打到了国家体委。

最后，朱佩蓉表明了市政府的态度："市体委要与黄河沿线城市对口部门打电话，对马鞍山黄漂队遇到的困难，请他们给予帮助。至于你们提出的开展科学考察需要设备，以及要政府提供人力、物力和财力支持，我们感到有困难。我们再向省里请示。不过，我还是要劝你们回来，装备差，无经验，上面也无正式文件，精神也不明确，万一出了什么事故无法交代。至于你们如要回来，路费等费用我们市政府可以承担。回来并不丢脸嘛。"

从当时的情况来看，北京和河南的两只黄漂队势头造得很大，名气也很大。

河南队虽也自称是民间自发组织的队伍，但是由原洛阳长江漂流探险队成员为主力组建的，队长是1986年的长漂英雄雷建生和郎保洛，漂流经验丰富。何况，时任河南省顾委副主任的韩劲草担任河南黄河漂流探险指导委员会主任，时任河南团省委副书记孔玉芳担任指挥长。

而北京青年黄河漂流探险科学考察队，活动是经过北京市委、市政府批准的，担任漂流指导委员会主任的是时任北京市人民政府副市长的陈昊苏，又是北京市青年联合会出面组织的，队员最多，装备精良，资金充裕，保障有力，又得到"健力宝"、北京牌电视机等一批国内有较大影响的知名企业的赞助，可以说是半官方组织、实力雄厚的青年漂流探险队。

而马鞍山市黄漂队则是纯粹自发民间组织，没有专门的组委会来统领，设备极其简陋、缺乏稳定的资金来源，又得不到食物、器材等必要的保障，一路漂流下来，到处讨饭吃，全是凭着一种精神和信念支撑着黄河漂流活动。

客观地说，面对当时全国黄河漂流探险热造势不断升温，已经成为人们关注的热点，马鞍山市委、市政府也给予了一定支持，并要求市体委打报告给安徽省体委，寻求明确的答复。确实，在食品、漂流器材的筹集、企业提供赞助等方面，如果没有市里的首肯，筹资赞助也不可能进行得那么顺利。

然而，马钢公司团委提供的一份内部参考材料，让市领导动摇了原先的想法。

材料中提到，我市自发组成"爱我中华黄河漂流队"中，4人为马钢青工。为首的张大波是马钢民建公司二队工人，1982年进厂，现年24岁；钱海兵是马钢一钢厂技术科热工组工人，1984年进厂，现年20岁；毛世卫是马钢焦化厂集体企业青工，1983年3月进厂，现年20岁；夏忠明是马钢三钢厂整模车间平板工（合同工）1985年进厂，现年19岁。政治面貌均为群众。

其中，张大波在1986年5月，受外地长江漂流影响，萌发了无动力漂流长江的想法，并找过所在单位的党团组织、公司团委、公司体协、市体委、市科协和市民政局等部门，以及市委、市政府领导，提出请这些部门和领导支持他们的行动，代他们向单位请假，并提供财物，诸如无线通信设备、警棍、摄像机和匕首等器材。市有关部门请示省有关部门，得到的答复是：不支持、不反对。张大波等人所在单位劝说要做好本职工作，坚守岗位，并耐心说服是关心他们的人身安全，目前还不具备漂流条件等。

材料披露，马钢参加漂流的4名青工，都属于"献了青春献终身，献了终身献子孙"的冶金产业工人产二代，离开岗位前都没有征得所在单位组织领导的同意，更未履行正规请假手续。民建公司张大波走后单位不知道，还是到了青海西宁后给队里党支部书记写了一封信，说要为全市30万人民争光，要求单位给予按上班考勤，并表示在外出了事不要单位负责。一钢厂钱海兵在买好车票后才告诉领导，领导不同意。他说："同意也走，不同意也走。"焦化厂毛世卫行前只丢给大班组一张请假条，称："我要外出，需请假。"至于到何地，单位不知道，还几次派人四处寻找。三钢厂夏忠明虽经厂、车间领导多次劝阻，但还是不辞而别。这4名青工的家人基本上对其子女的行为是阻止的，张大波母亲多次找到民建公司，希望单位能劝阻儿子的行动，毛世卫全家都反对他的冒险行为，最后毛世卫还是跪在姐姐面前要了100元钱就走了。

而马鞍山火车站的反映是，职工苗玉玺正在调休假期间，具体去向不明。

化工部向山硫铁矿反映，企业正处于转型改制期间，不少职工在家待岗，对王来安动向不掌握。

汤立波和黄毅所在的市工艺美术厂是马鞍山市征地农民安置企业欣新实业公司的下属企业，其厂长陈民对职工参加黄河漂流探险持大力支持的态度，而陈民本人就是探险爱好者，如不是百把号职工要靠他解决吃饭问题，企业经营实在离不开，他肯定也是黄漂的领头人。

参加黄漂青年不辞而别的自发行动给各级领导出了难题。

这份材料中还提出明确的建议，青年立志为祖国争光、勇于探险的精神是可贵的，但这种热情需要正确的引导，各种探险活动应该在条件具备的情况下，根据需要，由有关部门有组织、有领导地安排进行，不宜由在职的青年自发组织，更不宜在未经单位领导同意的情况下，不辞而别地搞。因为这种自发的行动，一是条件和措施不完备，身体检验不合格，缺乏对水文地理知识的了解，又无一套科学的保险安全措施，容易出事故；二是缺乏科学的考察和探险知识，又无配套的器材和仪器，漂流中不可能取得有多大价值的考察成果；三是容易在青年职工中引起波动，对工厂的工作秩序和生产秩序产生一些不良影响。各级领导和有关部门应充分重视这一问题，及时向有这方面要求或行动的青年讲清道理，给予引导和劝阻。

如果说这份材料让市政府还在犹豫的话，那么国家体委 1987 年 5 月 6 日专门给安徽省体委的复函，彻底打消了市领导原先的"不提倡、不反对"的念头。

复函全文如下：

中华人民共和国体育运动委员会关于黄河漂流探险的复函

安徽省体委

你委请示马鞍山钢铁公司十几名青年自发漂流黄河，最近，从黄河上游青海省玛多县多次打电报、电话，要求省里给予资金、人员援助，省政府询问国家体委有无政策规定，现答复如下：

激流探险在我国尚未作为体育运动项目开展，1983 年，中国体育服务公司作为商业服务活动，接待美国探险家肯·沃伦来华进行长江漂流，在国内产生影响，有些地方的群众组织了一些漂流活动，从实际经验来看，我国的自然环境，举办江河漂流探险是难度很大的事，涉及许多地方和部门，国内器材和技术力量也有相当差距，因此，举办这样的活动应慎重决策。主办单位当从各方面进行周密组织，在经费、物资和技术上作充分准备，不可轻率从事。对于少数青年群众在缺乏领导和周密组织未经过严格训练和足够准备的情况下，仅凭热情，贸然进行的漂流探险活动，应当说服劝阻，避免冒险蛮干，给国家和个人带来损失。

有的地方和单位办这种事找到体育部门，当地体委应当积极负责地介绍情况，加以指导，按上述精神妥善处理。对于漂流探险中的人力、物力、经费等实际问题，原则上由组织活动的单位解决。

1987 年 5 月 6 日

抄送：各省、自治区、直辖市、计划单列市、总参军训部、总政文化部、各行业体协。

这份复函，也扭转了安徽省内媒体赞美黄漂的舆论导向。一直为马鞍山黄漂队鼓与呼的《安徽体育报》，在 5 月 30 日刊登的一篇《来自唐古拉山的报告》通讯报道中转变了口气，在赞美马鞍山黄漂队的勇气可嘉同时，也委婉地表达出"黄漂队的小伙子们，你们为了追索一个新奇的梦想，给西北高原的人民政府和同胞，增添了多少负担……"

而《安徽青年报》则针对黄河漂流探险现象开展了大讨论，连续几期刊登了读者议论。论点也是针锋相对，争执不下。

论点一：冒险有价值吗？

在当今社会中，衡量任何事物都离不开价值这把尺子，自然，像长江、黄河漂流探险这类活动也不例外，长江漂流死了那么多人，花了那么多钱，可到底有多大实际意义呢？马鞍山 13 个青年人的自发行动，全是工厂的工人，文化素质并不高，作为科学考察，显然是谈不上，说是一种体育运动项目，目前我国尚无此项体育项目，说到底，这些青年人只不过用血肉之躯来与黄河的惊涛骇浪相拼，做这样无谓牺牲，实在是不值得。

论点二：改革时代需要冒险精神。

中国改革大潮势不可当，但改革具有一定风险，一项改革措施的实行，乃至一个个体户的经营选择，无不包含风险。由于中国社会长期受自给自足、知足者常乐等观念影响，缺乏应有的冒险精神，长江、黄河的漂流探险，正显示年轻一代正在摆脱陈旧、狭隘的观念约束，其精神是与我们时

87

代相吻合的，它反映出一代青年人的个性解放与献身精神。

我们还应当看到，当代的青年人大都是在安逸的环境下长大的，他们没有经风雨、见世面，不少人缺乏时代朝气，长江、黄河的漂流探险，不仅仅是人类对自然的主动示威，同时也是人类战胜自身种种缺陷的良好方式。当一些人乐天知命、安于现状的时候，当一些人浑浑噩噩、无聊地消磨生命的时候，当一些人虽具有冒险的念头，但只是在脑海中一闪即逝的时候，漂流长江、黄河的勇士们的冒险精神应该得到肯定。

论点三：民族心理的超前意识。

人们对长江、黄河的漂流探险活动极为关注和莫衷一是，这关注的本身说明了这活动的价值并非在于现实中的一得一失、一利一弊，而在于它对整个中华民族传统心理的震撼，在于对相对稳定的民族心态的冲击，因此，评价漂流探险绝不可以似是而非。

生命在于运动，这是被人们普遍接受的真理，不管从运动的广义来讲，还是从狭义来说，都预示着物质世界的可变性，人类的进化、民族的发展，无不展示探索的客观性。从愚昧走向文明，从落后走向先进，充分体现了人类和民族心理的超前意识。

人类在改造自然、征服自然的过程中，未掌握其规律，总以不同形式去实践，登珠穆朗玛峰、上月球、开发南北极，其实践中都有探险之精神，都具有人类欲"全善世界"的超前意识，就是当前蓬勃兴起的改革浪潮，那些站在浪潮之巅的勇士们，不正是具有这种精神和意义吗？

现在，一些热血青年不惜生命去漂流黄河、长江，成功者世人赞誉，失败者舆论哗然，甚至将一些从家出走去"旅游"的行为，也怪罪于漂流探险，这就使人哑然了。当然，对于那些无组织、无准备，又无丝毫专业知识的探险，不敢恭维，因为这不是探险，而是在玩命。因此，对漂流探险活动的价值与意义，应从对人类与民族的觉醒、进取中进行考察。

论点四：精神可嘉，做法欠妥。

长江漂流中许多人献出了宝贵的生命，然而，在死亡面前，漂流队员们无所畏惧，他们战金沙、闯虎跳，终于使万里长江俯首称臣，漂流队员们这种勇敢精神极大地鼓舞了青年一代。马鞍山黄漂队在成立之初，曾在当地报刊上刊登过一则招募黄漂队员的广告，没几天，报名人数达到340余人，他们自愿拿出多年积蓄，有人甚至变卖个人财产来入队，这种义举不是每个人都能做到的，当漂流队员奔向黄河源头时，一路饥饿、寒冷、高山反应，几乎使他们出师未捷身先死，但他们没有一个打退堂鼓，硬是闯了过来，表现了一种义无反顾的精神。

在肯定他们的精神同时，有些问题上也不能不引起我们的思索，振奋民族精神是否一定要靠漂流长江、黄河这样的冒险行动来实现？长江、黄河在中国古老的大地上奔腾了数万年，有没有必要这样一窝蜂地去漂流？工人的天职是搞好生产，放弃本职工作去做与本地区、本单位关系不大的事是否妥当？另外，多数漂流队员没有严格履行请假手续，没有严格进行漂流训练，没有充分的物质准备和安全准备怎么行呢？这使单位领导十分为难，如果按厂规给予处分，又怕将来漂流活动得到了肯定，厂里领导处在难堪、被动的位置；如果给予支持，又怕出事后引起种种麻烦，如果其他青年也组织类似活动又怎么办？

论点五：要从社会效益看问题。

民族的心理素质，历来对于社会发展产生直接影响，改革的实践证明：一些落后的社会心理、文化心态正在起巨大的副作用。因此，从某种意义来说，敢于冒险、勇于献身的精神正是当代青年应具备的心理素质。

面对全国这股青年漂流探险热，大千世界，议论纷纷，究竟价值何在？关键看它产生的社会效益，而社会效益产生的方式、表现形式、时间长短又各有不同。漂流探险不是一般的体育活动，也不能说是单一的科学考察，应看作主要是一种培养青年征服自然的意志，为人类献身的活动形式。青年人如受其感染，具备了这种心理素质，那在参与改革、发展社会中所起的作用是很大的。因此，如果用战略的眼光来考察它的社会效益，那么其价值是无法衡量的。如果硬要说什么"现实意义"的话，那我们说，哥伦布发现新大陆，当然只不过发现了一块荒无人烟的黄土地，给今天带来的却是这块土地的繁荣。

更多的人喜爱"精神可嘉，做法欠妥"这一富有人情味的结论。但精神可嘉与做法欠妥二者是无法平衡的。真正欠妥者只是漂流群体中的少数，但以此来对整个漂流活动作评价，岂不有"只见树木不见森林"之嫌吗？

这些不同观点的碰撞，搅动着人们的思潮，俨然成为一个解放思想的大讨论，但终归实践是检验真理的标准，那些在黄河上漂流的队伍将做出什么样的历史回答呢？

第十一章　黄漂队受到隆重礼遇

　　当落水的马鞍山黄漂队员到达同德后，前期翻船落水失联后流落到青海黄南藏族自治州河南蒙古族自治县的张大波和王越明两名队员，也由当地派车专程送到了同德县城，而队员黄毅在回马鞍山汇报工作后也赶回来了。马鞍山黄漂队几路人马在同德县会合，见面后大家高兴地拥抱在一起，叙述各自的经历，都庆幸大难不死。

　　俗话说："墙里开花墙外香。"马鞍山黄漂队小伙儿们虽然曾被认为好高骛远、不安分守己，但在黄河上游沿线却是声名赫赫，处处受到热烈的欢迎。由于黄河漂流的声势和名气越来越大，青海境内黄河沿岸都知道有三支漂流队在漂流黄河。因而当马鞍山黄漂队作为首支到达同德县的漂流队，他们受到当地的热情欢迎和接待。县党政领导同志来到黄漂队员入住的县招待所看望，了解大家有什么困难，并无偿安排食宿，进行了周到安排。当了解到队员们随身携带的物品全被黄河冲走了，身无分文后，及时资助了300元资金以解决队员们生活上的燃眉之急。同时团县委也发动了县属机关团员为马鞍山黄漂队捐款，共募集到了捐款670多元。

　　不仅当地团员青年、武警官兵与马鞍山黄漂队开展多次联欢活动，而且当地小学也特别邀请队长张大波和队员们为师生做黄河漂流探险事迹报告。"黄河探险光有热情是不够的，更要有科学知识来支撑，同学们要好好学习，掌握本领，走出大山，走出高原，前面就是一片新天地。"张大波一场场精彩报告赢得上百名师生的阵阵掌声。报告结束后，学生们纷纷递上小本子请马鞍山黄漂队员签名，而老师们拉着张大波要合影留念。

马鞍山黄漂队员们与武警海南藏族自治州支队同德县中队官兵合影。左起毛世卫、钱海兵、汤立波、王来安

时值端午节临近，县里挽留下黄漂队员，特地安排了一场粽子宴，让马鞍山黄漂队员们在西北高原品尝到乡愁的滋味。而团县委机关干部带着队员们游览县城，大家在一起拍照合影，品尝当地特色美食，亲热如一家人。这些都使马鞍山黄漂队员们感到无比温暖，终生难忘。

当地的热情接待，使大家仿佛真有些乐不思蜀的感觉了。而此时汤立波头脑是清醒的，当他从招待所的报纸中看到，河南洛阳和北京黄河漂流队已从黄河源头区玛多县出发，日夜兼程下漂，即将抵达拉加峡上游的军功乡，顿时感到坐不住了。

晚上吃过饭后，汤立波拿着报纸对大家说："大家不要忘记我们是来漂流黄河的，现在河南、北京两支漂流队就要追上来了，我们一定要保持优势，漂在前面。"一席话惊醒梦中人。王来安当即支持说："我们在同德县待的时间够长了，该干正事了。"

队员在同德县合影。从左到右：黄毅、毛世卫、钱海兵、夏忠明、汤立波、张大波、王来安

　　"这样吧，我们研究一下漂流路线，下一步我们的目标是龙羊峡。大家看是否可行。"汤立波声音不大，但很有见地，得到大家一致赞同。很快，汤立波制订了漂流计划和人员安排，从同德县的唐乃亥乡到龙羊峡水库这段由队长汤立波带队下漂，而从龙羊峡谷下漂则由队长张大波带队。

　　尽管汤立波在冲闯几个大峡谷，特别是在拉加峡翻船后，受到很大惊吓，甚至出现了恐水症先兆，但他明白，自己作为队长，必须要保持振作，以乐观情绪影响大家。说走就走。第二天，队员们早早起床收拾好行李，陪伴几天的同德县朋友们找来车辆将队员和橡皮筏运送到约 60 公里的黄河唐乃亥水文站附近下水，并帮助用打气筒轮流为橡皮筏打气。由于筏子最多只能乘 6 人，汤立波带上了王来安、黄毅、毛世卫和夏忠明 4 名队员登船，而其余人则从陆路到龙羊峡水电站打前站、做接应，并预先打探龙羊峡有哪些险关水段，做好漂流龙羊峡各项准备。凡事预则立，不预则废。

　　在与同德县朋友们依依不舍告别后，马鞍山黄漂队在汤立波带领下，从唐乃亥水文站附近下漂，在穿过近70千米由东南而西北的高山峡谷后，到达了远近闻名的尕玛羊曲险滩。尕玛羊曲藏语意为"河水向右旋转的地方"，黄河在这里由于受到地形和岩崖的阻挡，滔滔河水按顺时针方向急速向右旋转，形成了一个巨大的旋涡，并发出巨大的轰响。而往下还有峡谷相连的石羊峡、野狐峡和拉干峡，被称为黄河上游的小三峡，顾名思义，这些峡谷都十分狭窄，形容石羊、野狐等动物都能跳过去。但这些河谷都相当险峻，其中石羊峡河面宽不足10米，河谷陡峭深邃。而最为雄奇险峻的是野狐峡，峡谷既高又窄，远望犹如巍巍的石门。

马鞍山黄漂队面对这道道险关，乘着密封筏毫不犹豫地冲进尕玛羊曲险滩，旋涡加跌水，把橡皮筏打得在水中团团转，队员毛世卫、钱海兵在舱口操纵船桨，在汤立波有节奏的口令下，步调一致发力，控制住船体旋转，在激流之间中流击水，浪遏飞舟，橡皮筏一直冲到尕玛羊曲黄河大桥下，才在回水处靠了岸。为记下这惊心动魄的经历，汤立波、黄毅、毛世

尕玛羊曲下游的黄河小三峡之一的野狐峡

卫、夏忠明、钱海兵特地在尕玛羊曲黄河大桥石碑前留下合影。

当队员又冲过将近 3 千米长的石羊峡后，前面出现一片河谷盆地，岸边是平坦的沙滩。队员们靠岸休息，把被浪打湿的衣服脱个精光，躺在柔软的沙滩上晒着太阳，偷闲享受久违的阳光。当衣服晒干后，大家又打起精神，开始继续闯关。

前面的又一道险关就是贵南县境内的野狐峡了，穿行在野狐峡奔腾汹涌的黄河激浪中，只见两岸峡壁笔立如削，东岸是 50 米高连绵不绝的石梁，突兀嶙峋，西岸是高达百米的峭壁。花岗岩壁上有许多岩洞，洞中栖息着成百上千的岩鸽，黄漂队的到来，仿佛是惊动了这些岩鸽，它们纷纷从洞中飞了出来，在一线天盘旋。此时队员们哪有心情观看风景？队长汤立波沉着指挥，队员们身心高度紧张地控制高速漂行的橡皮筏。由于野狐峡很窄，且河床陡峭，黄河水在这里被夹峙在十余米宽的河床中，形成了深不可测、势不可当的激流，汹涌的河水在峡谷中前后翻滚，发出雷鸣般的怒吼，好在这里

队员在唐乃亥下游尕玛羊曲黄河大桥下留影。左起分别为王越明、钱海兵、汤立波、黄毅

没有太多大跌水，橡皮筏在浪尖上起舞，一路颠簸穿行，当终于把约莫1千米的险段甩在了身后时，队员们才稍稍松了口气。而前方远山如黛的拉干峡，对经历了大风大浪的马鞍山黄漂队员来说，已算不上什么险关了。

出了黄河小三峡，再漂行90公里就是龙羊峡了。龙羊峡水电站1976年开始兴建，以当时大坝最高、最大的库容，最大的单机容量而著称于世。大坝建成后，在龙羊峡上游形成了面积383平方公里、总库容246亿立方米的巨大人工湖。马鞍山黄漂队进入黄河龙羊峡上游的水库区后，水流明显变得平缓，水面波澜不惊，水质十分清澈。队员们在宽约9公里的河道中，眺望河谷两岸，一边是起伏险峻的山脉，一边是连绵不断的莽原，中间是高峡平湖，苍穹碧野，令人心旷神怡。

库区里水位抬高后，流速变得缓慢，敞式橡皮筏划起来尚感轻松，但海洋救生筏就不一样了，由于海洋救生筏是圆形的，加上重量大，在急速水流推动下高速漂行，抗跌水有显著优势，但是到平静水面，就难以划动了，两边的桨手如配合不好，皮筏就在水中打圈圈。好在队员们已摸到诀窍，两人一组，像划龙船那样随着号令同步发力，划了1小时后再换一组接力，轮流划桨。10多个小时划下来，才走了40多千米，但个个都累得腰酸臂痛，划到夜里1点钟左右，当大家都已精疲力竭时，在黑暗中看到前方数点灯光，大家心情一振，以为到龙羊峡水电站了，又加劲划起浆来。

到了跟前才发现，原来是水库的一个打鱼船队。船上的水手看到库区深更半夜出现橡皮筏，纷纷张望，当筏子靠近，借着船上灯光，看到筏子上面的那面写着马鞍山黄河漂流考察队的旗帜，才知道是黄河漂流队的，于是赶紧扔下缆绳，让橡皮筏靠了船边，把队员们接上船来。这时黄漂队员都已饥肠辘辘，渔工们给他们下了一锅面条，这真是及时雨啊，大家扒起碗，每人都一气吃了两大碗面。当得知到龙羊峡水电站还有40多公里的路程后，大家也不急了，索性在渔船上睡了一晚，第二天再继续下漂。

6月3日傍晚，在漂流4天后，队员抵达了龙羊峡水电站大坝。此时，马鞍山黄漂队已从黄河源头下漂了1684千米，距黄河入海口还有3376千米，海拔高度也从4800米降到了约2700多米。

　　龙羊峡位于青海省东部，地处海南藏族自治州共和县和贵南县交界处，1987 年时龙羊峡水电站还处在建设高峰时期，承担这黄河上游第一个大型梯级水电站建设的是水电部第四工程局。水库的大坝就建在龙羊峡的峡口处，这里坚硬的花岗岩峭壁陡立，高达近 300 米，是修建水电站得天独厚的地方。水电站大坝全长 1140 米，最大坝高 178 米，被称为"万里黄河第一高坝"，在当时也是国内和亚洲的第一大坝。1986 年开始下闸蓄水，1987 年时已有两台机组投入发电运行。全部建成后不仅可将黄河上游 13 万平方千米的年流量全部拦住，四部发电机组 128 万千瓦的装机容量，可为西北地区提供强大的电力。为建设这座水电站，水电部第四工程局投入了上万人的设计、施工力量，在这原本荒凉的高山峡谷上形成了一个不夜城。这里不仅城镇功能齐全，而且水电部第四工程局还专门办有自己的报纸——《龙羊峡报》。

队员在龙羊峡合影。从左到右：钱海兵、毛世卫、王予（《青海湖》杂志记者）、张建安、汤立波、黄毅

　　马鞍山黄河漂流队首漂来到龙羊峡水电站，在当地引起轰动，不仅水电部第四工程局宣传部专门对马鞍山黄河漂流队做了电视采访播出，《龙羊峡报》也进行了报道。局团委在"学传统，建功业"青年表彰会上，特别邀请了打前站先期到达龙羊峡的马鞍山黄漂队员钱海兵参加，做黄漂事迹报告。在时任局党委书记李和、副书记王高亮、局纪委书记张凤泰等厅级领导都到场的隆重场合，钱海兵登上主席台，介绍了马鞍山黄漂队从源头下来一路战激浪，闯险峡，多次翻船落水，死里逃生，但仍然不改初衷，勇往直前的经过后，心情激昂地说："你们是战斗在黄河上游的水电大军，我们首先向你们表示敬意。黄河哺育了我们中华民族 5000 多年，黄河也连接起了我们的友谊，我们的事业都在黄河上……"局团委副书记袁松林在听了漂流报告后表示："黄河漂流的壮举，也激励着我们青年人在水电站线上建功立业。让我们为祖国的繁荣富强、为水电事业的兴旺发达做出新的贡献。"

　　在龙羊峡水电站招待所，马鞍山黄漂队 12 名队员难得地汇聚一堂，使这里一时成为马鞍山黄漂队的大本营。不仅先期回马鞍山市寻求赞助和汇报工作的洪元锦赶到了龙羊峡，而且还上来了一位新队员——马钢运输部工人张建安。早在马鞍山黄漂队筹备期间，张建安就是积极参与者，并同洪元锦一起到上海出过差，在上胶四厂咨询如何购买橡皮筏。作为后备队员，没能赶上黄河源头和上游的漂流，已经懊恼不已，这次上龙羊峡，就是要是实现黄河漂流的夙愿。马鞍山黄漂队见到有新队员加入进来，大家更加信心十足。

　　在经历黄河上游的惊险漂流后，马鞍山黄漂队器材装备严重受损，只剩下一只还是在玛沁县休整时张大波带上来的 104 型橡皮筏，以及立下赫赫战功的保命筏——海洋密封筏，由于前面还有众多险峡，为了完成黄河全程漂流，必须要添置新装备。因张大波和洪元锦到过上胶四厂提过货，与厂供销科人员有些交情，于是黄漂队决定，由张大波和洪元锦赶回马鞍山，筹集资金到上胶四厂再购买两只 104 型军用橡皮筏（冲锋舟），其余人员在龙羊峡水电站待命，等新筏子到来后再行下漂。

事不宜迟，汤立波从沿途募集的经费中拿出 300 元钱，交给张大波作为路费，临行前再三叮咛，此事关系重大，黄河漂流竞争激烈，宜速去速回，不能丧失马鞍山黄漂队在黄河漂流中走在前面的优势和主动权。

在龙羊峡水电站逗留期间是马鞍山黄漂队员最开心的日子。第四工程局局团委在黄漂队员所住的招待所餐厅里，专门为马鞍山黄漂队员们举办了文艺晚会，一曲《血染的风采》响起，整个舞池荡漾着青春的舞步。第四工程局团委的姑娘们热情邀请黄漂队员们共舞，而做了一番精心梳洗打扮的马鞍山黄漂队的小伙子们也神采奕奕，与姑娘们蹁跹起舞。别看这些黄漂队员平时在姑娘面前个个神采奕奕，可真正上了舞场却是新手，从未跳过交际舞，步伐也走不到节拍上，看到别人在优雅地旋转着，心里一着急，把姑娘们擦得锃亮的皮鞋上踩得满是脚印。但姑娘们并不介意，此刻在她们眼中，这些黄漂队员们就是心目中的明星，能与明星起舞那甭提有多开心了。

而黄漂队员们在分局、学校应邀做了多场"科学探险，振兴中华"的报告会，受到英雄般的崇敬。一些基层团委还发动女青年团员，给黄漂队员们洗衣服、送食品、送水果，还帮忙把海洋救生筏上撕裂的篷布重新缝补好。不少年轻人也纷纷表态要求加入马鞍山黄漂队，其中有位水电职工陈洪录是最坚决的一个。他每天都要跑到招待所来报到，为漂流队忙前忙后，请大家到自己家中吃饭，与漂流队员们都混得十分熟，其目的就是希望能被吸纳进黄河漂流队。

而这个陈洪录不仅对龙羊峡线段险关的情况比较了解，还知道不少龙羊峡的典故，一有时间，就来到队员房间闲侃。

"这个龙羊峡入口处本是一座大山，名叫茶纳山，山前是一汪内陆大海，名为茶纳海。传说天帝的长子黄龙误听传言，以为天帝要舍弃他立弟黑龙继位，就私下串通谋反，天帝大怒，将其锁于茶纳海中，予以惩罚。黄龙被锁入茶纳海后，每当日落西山，茶纳海便金光闪闪，耀眼夺目，几十米可见，人们纷纷前来朝拜。茶纳山上有位仙女，爱上了英俊的黄龙，就变成一只小白羊，每天到茶纳海与黄龙幽会，安慰黄龙。这件事很快被

顺利到达龙羊峡上游水库

传到天帝耳中，天帝大怒，即派雷神捉拿那位仙女。未料神鞭一甩，地动山摇，茶纳山劈开峡口，海水倾泻，黄龙与白羊乘机穿过裂开的山口，进入大海，逃之夭夭，龙羊峡因此得名。"

这些都是传说，但经陈洪录活灵活现的渲染，还真调动起大家的兴趣。其实"龙羊"系藏语，"龙"音为沟谷，"羊"音为峻崖，即峻崖深谷之意。据说，当初水电勘察人员来这里进行水电站选址时，藏族向导只说这个地方叫"龙羊"，并未带"峡"字，是水电勘测人员在"龙羊"之音后面加了个专业术语，才有"龙羊峡"名称。

第十二章　龙羊峡两雄遇难

张大波一走几天都杳无音讯，尽管水电部第四工程局每天都是热情招待，但时间长了队员们也都急躁起来。特别是得知在黄河上游的漂流队将增加到9支，除北京、河南、马鞍山队外，还有四川、甘肃、天津、唐山队等，甚至日本队、美国队也在加快成立队伍对漂流黄河跃跃欲试。这些从四面八方传来的信息，真假难辨，但有一点是肯定的，就是黄河漂流的竞争将越来越激烈。

一个多星期后，终于等来了张大波的长途电话。由于各地购买橡皮筏订单剧增，上胶四厂忙不过来，尽管张大波等人与厂供销科软磨硬泡要求提前供货，但新定购的橡皮筏最快也得要到6月中旬才能发货。电话中，张大波一再叮嘱："等我回来再漂。"

这个电话让马鞍山黄漂队员们大失所望，队员们再也等不及了，一致提议，还是先下漂吧，有熟悉当地水情第四工程局职工陈洪录做向导，怕不会有什么大问题。

而此时汤立波的情绪低到极点，向来不抽烟的他，也从队员中接过香烟一个劲儿地抽，晚上整夜失眠。张大波迟迟不回，加之队员们又在一个劲儿催促，让汤立波面临着艰难的选择。他认真分析了马鞍山黄漂队目前的状况：剩有一个敞筏和一个海洋筏，虽然海洋筏受损漏气，但修补一下还是结实的，可以继续使用。而从资料上显示，水电站大坝下游的龙羊峡谷长40公里，峡口附近的两岸距离仅有30多米。龙羊峡入口海拔2460米，出口处2222米，河道天然落差近240米。比起全长216千米、落差达588米的拉加峡，感觉艰险度要低，既然拉加峡能闯过来，龙羊峡也可以一试。这里，汤立波在分析上出现了偏差，拉加峡是在 216 公里长的河段总落差为 588 米，而龙羊峡仅在 40 公里的险段上落差就有近 240 米。两相比较，顿见高下。这是汤立波出现的第一个轻敌的失误。

虽然在制订漂流龙羊峡计划时，安排的是张大波带队下漂，但队员们已在龙羊峡水电站待了一个多星期，心中不免有些焦急。当时通信条件很差，打个长途电话得到邮电局挂长途，且费用还高，老打长途电话，费用承担不起。一方面对张大波和洪元锦一直没有回来的音讯，而队员们又等不及了，尽管包括汤立波在内的几名队员已出现了恐水症的苗头，看见自来水龙头放水腿都有发抖的感觉，但作为队长，还得打起精神，勇挑重任，以自己的坚强形象来鼓舞士气，稳住队伍。于是，汤立波对下漂队员进行了调整，提出还是由自己带队，钱海兵、夏忠明和向导兼队员陈洪录登船，这时队员张建安不乐意了："我来就是参加黄漂的，我要上船。"尽管张建安还从没漂流经历，但看到他态度十分坚决，汤立波勉强同意了张建安上船，而其他队员则到下游 40 公里外出峡口做接应。

6 月 11 日下午 3 点，在龙羊峡水库大坝下，上千人在两岸观看马鞍山黄漂队出行，光小车子就停了一大排。时值龙羊峡水库闸门正在放水，从大坝下喷涌而出的水柱，如巨龙吐水般惊心动魄，溅起的水雾铺天盖地，峡谷内犹如下着小雨。

解放牌大卡车将队员和橡皮筏还有十多个汽车内胎拉到大坝下的黄河岸边，水电站职工和队员们一起把十多个内胎绑扎在海洋筏四周，并将海洋筏牢牢地绑在敞式橡皮筏尾部，使两只筏子连成一体。由于海洋筏密封性好，漂流队员们将行李包、野营帐篷、赞助的食品等都装到海洋筏里，塞得满满的，汤立波则带着 4 名队员登上了敞式橡皮筏。

在这里，汤立波犯下了第二个技术上的失误，没有让队员进海洋密封筏，而是上了敞式橡皮筏。在过拉加峡等险关时，队员们正是靠着牢固的海洋密封筏，抗过了一个又一个大跌水，避过了一个又一个风险，可以说这是保命筏啊。

龙羊峡水电站泄流孔涌出的汹涌洪水

下午4点左右，队员们将橡皮筏推入水中。马鞍山黄漂队出发也十分风光，记者围着汤立波进行现场采访，海洋筏上插着两杆马鞍山黄漂队的红旗，漂流突击队员们一个个身着红色的马鞍山黄河漂流考察队队服，外面套着黄色的救生衣，站在离岸的橡皮筏上不停地向高坝上两岸的人群挥手。在千人瞩目中，马鞍山黄漂队又开始了新的壮行。而陆路出发的队员黄毅站在大坝高处，用相机拍下了黄漂队从龙羊峡水电站大坝下漂流出发的珍贵照片。

龙羊峡谷河床两岸距离仅有30余米，但两岸悬崖陡峭，危石狰狞，岸壁高出水面150余米，自然坡度达到70度。由于河面不宽，收窄后的水流变得十分湍急，惊涛拍岸，声响如雷，河水被巨浪高高卷起后，又骤然释放，仿佛把一个瓷瓶摔得粉碎，无数朵白色浪花在阳光下飞溅，远远望去，如漫山遍野的羊群在蠕动，故而当地流传有神羊出没的传说。

汤立波带着队员乘着橡皮筏离岸后，开始还是沿着岸边漂行，可不一

马鞍山黄漂队在龙羊峡下水前给橡皮筏充气

会儿就被迅猛水流挟裹到激流中，这时队员们发现峡谷内浪大惊人，浪头足有四五米高，两岸高高的陡峭山崖阻挡了前方视线，是否有拐弯处等险情，根本无法察觉。当行进到第一个大跌水时，筏子在湍流中剧烈抖动着，船桨是无法控制了，唯一的办法就是每个人紧紧抓住筏上的绳子，防止被大浪打下船去。紧接着第二个大跌水又接踵而来，露出更加狰狞的面目，把橡皮筏一下就卷进了跌水下的旋

下漂龙羊峡，前队长汤立波接受记者采访。这是汤立波留下的最后影像

涡中，浪头把橡皮筏埋入水中有8秒多，插在海洋筏上的红旗被拦腰折断。惊恐未定时，又出现一个拐弯，一个大浪打来，把漂流筏推到岸边。

大家赶紧上了岸，把筏子拴在河边的大石头上，惊魂未定。首次登船的张建安，哪见过这样的险情，这个一米八个头的大小伙儿衣服湿透，全身发抖，脸色已变得惨白。而汤立波对这趟漂流仿佛也有不妙的预感，脸色发灰，双腿已微微打战。是继续漂流还是撤退，要靠他定夺。而此时汤立波的大脑

马鞍山黄漂队汤立波等5名队员从龙羊峡水电站大坝下开漂，勇闯龙羊峡

在飞快地运转着，离开龙羊峡水库时千人祝福送行的场面还历历在目，在记者面前发出的"我们一定会征服龙羊峡"的豪言壮语还在耳边回响，如果就这样灰溜溜返回，会被人们怎么看？难道马鞍山黄漂队是徒有虚名的胆小鬼吗？

此时如果换乘海洋密封筏还来得及，但向导陈洪录说了："冲过前面一道坎，就无大的危险了。"听这么一说，汤立波也相信了。一向精明稳重的汤立波犯了第三个失误。此时他做出了一生中最后的错误抉择："还是继续闯一闯吧，等漂到有人烟的地方我们就随时上岸。"

当大家再次登上敞筏时，船舱里满是水，大家也没有排水，认为有水能增加船的重量和稳定性。汤立波将队员们做了个分工，汤立波和陈洪录负责瞭望前方水情变化，钱海兵与夏忠明在船尾掌舵，让张建安坐在船中

间保持船体平衡。

起伏翻腾的河面上，落差呈现出阶梯形，前面是跌水、跌水，还是跌水，当漂到相对缓和的水面时，大家刚刚松口气，庆幸以为闯过了难关时，突然就发现前方平缓的水面出现一道高高白线，不好，已有漂流看水经验的汤立波登时感到不妙，知道这是又一个大跌水的征兆，他立即叫大家全力单边划桨掉转船头，让船赶紧靠岸，可是漂流筏已不听使唤了，越行越快，整个船身都在剧烈摇晃，就在即将临近大跌水时，也许是老天爷有眼，一个回浪把船又打了回来，把漂流筏带到岸边回水处打着旋旋，汤立波如抓住救命稻草般大喊："快跳上岸！快跳上岸！"

此时，船尾的钱海兵毫不犹豫地一把将壮实的夏忠明从船上推了出去，夏忠明趁势一个跟跄扑到岸边，汤立波立即抛出缆绳，叫夏忠明快抓住绳子，但站立未稳的夏忠明没有接住，这时钱海兵急了，赶紧伸出船桨要夏

马鞍山黄漂队员钱海兵

忠明抓住，可由于铝合金船桨桨叶锋利且光滑，当船身猛地旋转时，形成了一股巨大的惯性扭力，尽管夏忠明双手使出全部力气，还是抓脱了手。

机会稍纵即逝。

就在这位于龙羊峡水电站下游约 3 公里处的河面上，橡皮筏在激流带动下就像脱缰的野马，无法控制地向大跌水滚了下去。看到船冲了下去，在岸边的夏忠明急得带着哭腔大喊："别把我丢下，别丢下我！"可是滔滔的浪声已盖过夏忠明的呼叫。

这是个落差达近 6 米的大跌水，漂流筏冲下去就被旋涡吞没，一个高浪过来顿时将厚重的海洋筏掀翻，由于敞式橡皮筏与海洋筏连在一起，漂流队员乘坐的敞式橡皮筏也被带翻，倒扣在水中。队员们压在船舱水下，唯一的求生办法就是紧紧抓住筏上的绳子，并尽力把倒扣的船体翻过来，但倒扣的海洋筏太过沉重，根本无法翻转，此时才感到人的力量在大自然面前是多么微不足道。倒扣船一直在旋涡中打旋，水流的力量在把人往下

马鞍山黄漂队员进入龙羊峡大跌水 2 名队员遇难前的影像

1987年6月11日下午6时马鞍山队3名队员翻船失踪后,龙羊峡水电站派出直升机紧急
搜救

拉,紧扣在身上的衣服不知何时被水魔力般全部扒掉,更要命的是闷在倒扣的船体里无法呼吸,水又是那么冰冷刺骨,队员们体力越来越支撑不住了。

首次登船的队员张建安缺乏漂流经验,在寒冷的水中冻得实在架不住了,想凭自己的体力搏一把,撒开筏上的缆绳,想着拼命向岸边游去。但他哪里知道,在这样的激浪中,水性再好也是游不动的,结果一下就被吸进大浪旋涡中,因无法呼吸而窒息。此时,张建安的登船漂流时间总计还不到2个小时。

而瘦弱的汤立波漂流经验丰富,知道只有紧紧抓住缆绳,才可能有生的希望。但约莫10分钟后,冰冷的河水无情地夺走了他身体的热量,他感到全身逐渐僵硬,知觉在一点一点地失去,连呻吟也无法发声。就在体力即将耗尽时,又一个要命的浪头打了过来,把筏子一下压到水底,将他重重地撞到水底河床的大石块上，他的右胳膊感到一阵如折断般钻心剧痛，原本紧紧抓着筏子上缆绳的手顿时失去力量，刹那间，人就被河水卷走。残存的意识中，他一会儿看到美丽的草原，一会儿看到如血的残阳，两个长着翅膀的天使向他飞来，拉起他向遥远天空飞去……

河水仍在肆虐咆哮，在岩石撞击下，绑扎敞筏和密封筏的手指粗的尼龙绳全被扯断。钱海兵本能的强烈求生愿望，加之得益于参加过体能和摔跤训练，臂力强劲，他紧紧地抓住倒扣敞筏的绳子死死不放，只听见水流哗哗响，橡皮筏在上下跳动，河水在往嘴里灌。一个大浪过来，把筏掀上浪尖，其力量之大，足将敞筏打得折叠起来，船头与船尾相撞，折到一起，橡皮筏体内的加强筋（俗称卡瓦丝）全被崩断，提供浮力的橡皮筏气仓也被撕裂。当敞筏从浪尖落下的当口，钱海兵探头看到离岸边只有约莫10米的距离，生死就在此一举，他顾不上许多，深吸一口气，推开筏子，使出洪荒之力拼命向岸边游去。几分钟时间，犹如与死神赛跑，幸运的是他抗住激流的冲击扑到了岸边，紧紧抱住了岸上伸向水中的一块石头，虽然锋利的石块将身上划出道道血口，但自救成功了。

当他费了十几分钟才爬上约20厘米高的陡峭河岸时，身上除了三角泳裤、被冲掉鞋底的球鞋帮外，身上衣物全被水冲光。刚缓过神来，他就感到双手钻心地疼痛，抬起手一看，自己也吓了一跳，双手掌心上，由于被缆绳磨勒，肉已被活生生撕烂，看得见骨头，肉色发白，不流血，也不觉疼痛。此时钱海兵顾不上这些了，用尽力气大喊着"汤立波、张建安、陈洪录……"但空谷回音，听到的只有波涛翻滚的哗哗声。他仔细搜索着河中旋转翻腾的浪花，希望能像在拉加峡落水那样，同伴能从水中游出来。突然，他看到了张建安从激流旋涡中冒了出来，眼睛紧闭着，头仰得笔直，向下游漂去，钱海兵大声呼喊"张建安、张建安"，但人已无任何反应。此时，钱海兵感到了大事不妙，蹲在岸边号啕大哭起来。

在休息片刻后，钱海兵咬着牙爬上山崖，忍着锋利石块扎脚的疼痛，昏昏然向龙羊峡水电站方面走去，全身被荆棘拉得道道血痕，也全然不知，一路走一路哭，在途中遇到一个施工队，讨了一件旧羽绒服和一双鞋，跌跌撞撞地走回到龙羊峡水电站的招待所,正碰上抹着眼泪郁郁走回来的夏忠明。夏忠明看到钱海兵身上伤痕累累,表情麻木,也感到出大事了,两人抱到一起痛哭流涕。

此时已是傍晚6时左右,招待所的服务员看到夏忠明和钱海兵在抱头大哭,赶紧上前询问。"我们漂流船出事了,队长和队员失踪了。"钱海兵哭着说。服务员大惊失色。

马鞍山黄漂队出事的消息不胫而走,当晚就引起青海省政府的高度关注。晚7时,西北勘测设计院驻龙羊峡社代组的直升机立即升空,从高空寻找失踪人员。兰州军区接到救援指令后,也派出部队的直升机赶过来参加寻找,并带着钱海兵连夜搭上直升机,从高空指认翻船落水的地点。水电部第四工程局和当地政府出动车辆和700多人连夜打着火把沿河岸在乱石中搜寻,一夜无果。第二天又逢大暴雨,青海省发动了龙羊峡下游黄河沿岸9个县的部队、武警、民兵和群众,冒着大雨沿黄河岸全力寻找3名失踪队员。

6月12日初晓,新华社记者在兰州最先发出消息:

> 安徽省马鞍山市青年黄河漂流队6月11日14时在龙羊峡向下漂流时,不幸翻船,5名队员2人获救,3人失踪,马鞍山市黄漂队遇险后,即向兰州军区发出特急救援急电,兰州军区接到救援电后,军区领导极为重视,立即指令西宁军分区派出人员前往龙羊峡水库,与黄漂队组成救援指挥部,并组织当地部队沿龙羊峡下游百余千米地段寻找救援。目前,由于该地区连降大雨,且两岸地形复杂,人烟稀少,交通不便,给救援工作带来很大困难。截至12日凌晨,救援工作仍在紧张进行。

6月12日下午,搜寻人员在失事河段下游的东龙沟附近,找到了马鞍山黄漂队向导陈洪录。他被河水冲到了岸边乱石堆中,被搜寻的民兵发现时,已经神志不清,但大难不死,幸运得到救援脱险。当被送回龙羊峡水电站招待所时，他一言不发，倒床就裹在被窝里，怎么追问也无声音，当被问急了，就来了一句："我不知道发生了什么事。"是吓得暂时失忆还是不想回答，大家不得而知。

6月13日，新华社又跟进发出报道：

> 兰州电：12日下午，在龙羊峡向下漂流翻船的安徽省马鞍山市青年黄河漂流队的3名队员已有1名在东龙沟附近被救起。他名叫陈洪录，是马鞍山市黄漂队的向导，在水电部四局三处工作。其他两名队员汤立波、张建安仍下落不明。兰州军区正组织部队紧急救援。

这是一个伤痛的日子。

1987年6月11日下午6时左右，马鞍山黄漂队在龙羊峡水电站大坝下游3公里处的龙羊峡谷内翻船失事，5名队员中3人获救，1人罹难，1人失踪。汤立波罹难时年25岁，张建安失踪时年24岁。

6月16日，新华社以《三支黄漂队翻船青海军民奋力救援，马鞍山队两名队员下落不明》为题，又播发了一条消息。

> 西宁6月16日电：安徽、河南、北京三支黄河漂流队先后在青海境内翻船落水，经过军民奋力抢救，到16日晚8点，北京队落水的5名队员中已有2名登岸脱险，另3名队员已爬上悬崖，正在组织抢救。河南洛阳队和安徽马鞍山队的两名队员至今下落不明。

> 13日和14日，河南、北京两支黄漂队在青海省玛沁县拉家峡军功乡以下10公里处试漂一个鲜为人知的特大险滩。13日下午5时，河南队的雷建生等4人乘坐的橡皮舟进入第一个大跌水深处时即被打翻，4人全部落水，3人被激流冲走，只有1人挣扎上岸，随后，河南队另两名队员乘密封筏追寻落水队友，但本身也

被激流冲走。

14日上午,北京队桑永利等5人乘舟顺利通过3处跌水,不幸在第4个跌水处船被大浪打翻,其中一人被河南队的郎宝洛救上左岸绝壁,其他4人下漂了4公里,后被巨浪冲至悬崖边。爬上悬崖,已无生命危险。

另外,安徽马鞍山黄河漂流队的两名队员11日在试漂黄河上游第一个最大的险关——龙羊峡时翻船落水失踪。

三支黄漂队出事后,青海省军区、果洛军分区、海南军分区和当地政府即派出部队、武警和民兵并组织当地群众沿出事地点一带寻找营救,空军部队还派出直升机参加救援工作。目前救援工作仍在继续。

6月18日上午,就在马鞍山黄漂队在龙羊峡翻船处下游20多公里的峡谷下的岩石滩上,搜寻人员发现了马鞍山黄漂队的橡皮筏。敞式橡皮筏已被河水和岩石刮得百孔千疮,气仓全部破损,与海洋筏绑在一起的手指粗的尼龙绳全被打断,在河边碎石中瘫成一堆,已完全报废。

而海洋救生筏则被卡在不远处的岩石缝中,由于四周有绑着的轮胎保护,基本上保持完好,但舱内物资全部被水冲走。十多个大小伙子费了九牛二虎之力,才将其拖了出来。

当队员们清理密封筏时,突然发现在一个隔舱里有个小包,打开一看,里面是500元钱。原来是细心的汤立波在漂龙羊峡时为防意外,将全队仅有的500元钱家当没有放在身上,而是藏在了密封筏的防水隔舱内。看到汤立波为马鞍山黄漂队保留下来的资金,队员悲恸哭喊着:"立波啊,我们的好队长,你的心都放在黄漂队上了啊,就是遇难也想到给我们留下活命钱啊。"

直到一个月后的7月18日,有消息传来,在距龙羊峡水电站下游40多公里的贵德县黄河岸边发现一具尸体,头发大部分被水冲光,身上有多处伤痕,一只胳膊也折断了。已漂流到兰州的马鞍山黄漂队员黄毅接到信

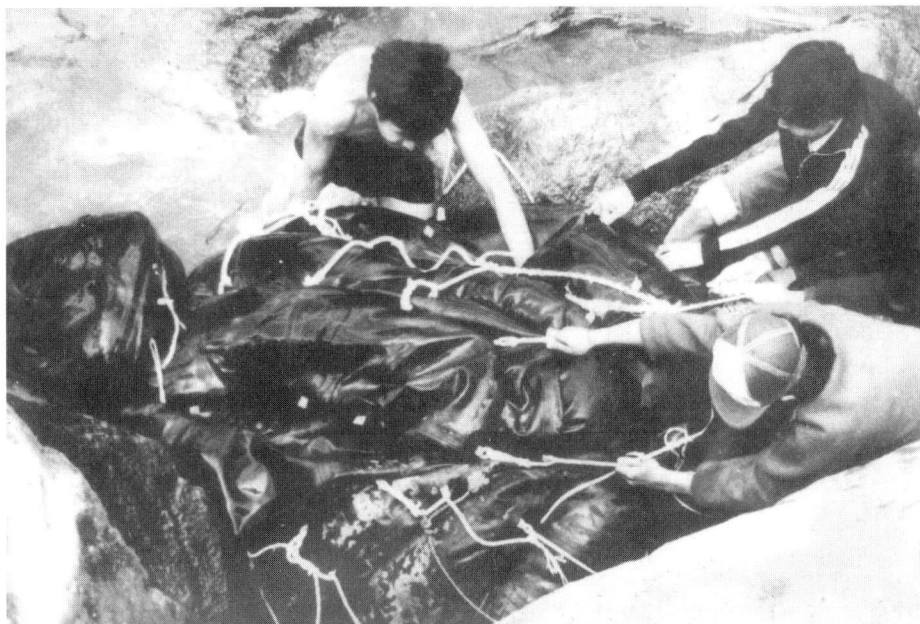

1987 年 6 月 21 上午发现的失事的 104 型冲锋舟（橡皮筏），冲锋舟已经完全损毁

1987 年 6 月 21 上午龙羊峡下游的岩石夹缝中发现的失事的海洋救生筏

息后，立即折返赶来辨认，由于被水浸泡时间过长，从尸体上已难以辨认死者的容颜，但看到其身上那条球裤上面印着"马钢14号"白字时，他放声大哭，这正是汤立波啊。队员们都知道，这条马钢篮球队球裤是队员夏忠明看到汤立波身单衣薄，将自己的贴身球裤让给汤立波穿上的。

而失踪的张建安一直没有找到。当地报道称，就在当年6月初，处在黄河上游和中游分界线位置的内蒙古托克托县河口一带，黄河濒于断流，有位当地老人说，我活了79岁了，黄河见底变清还是第一次见到。黄河上游水位下降后，河床上裸露出块块巨石，大的石头如房子，石头中间有无数水流冲出的大小不等的孔洞。马鞍山黄漂队员张建安是否被黄河水带进了河底大石头的孔洞中，至今不得而知。

第十三章　黄漂风口大反转

这是悲伤而暗淡的六月。

6月11日夜，刚从上海返回马鞍山，正在整理行装赶赴龙羊峡的漂流队员洪元锦第一个接到龙羊峡打来的长途电话，电话那头就传来了钱海兵的哭腔："漂流队出大事了，我们在龙羊峡翻了船，汤立波、张建安、陈洪录落水失踪了。"噩耗传来，洪元锦顿时如五雷轰顶般倒在椅子上。他当即给管亚楠和报社记者李鹰打了电话，听到马鞍山黄漂队出事了，都大吃一惊。3人赶紧来到工人文化宫管亚楠的办公室，共同商量对策。

当初大家都是以一腔热情支持马鞍山黄漂队漂流探险活动，但真的出了事，死了人，那就非同小可，责任大了。管亚楠仔细询问了电话内容，心中当时还存有一丝侥幸，认为马鞍山黄漂队在漂流中也翻过多次船，都能死里逃生，希望这次队员们也能挺过来。大家当即决定，一是第二天立即向市里汇报，二是连夜赶紧联系队员们的家属，看看他们是否有汤立波、张建安给家里打回电话等有关信息。而张大波在闻讯马鞍山黄漂队出事后，也没敢多想，为探明情况，当晚就乘上火车匆匆赶赴龙羊峡去了。

可是，还没等管亚楠向市有关部门汇报，第二天新华社的电讯稿就出来了，马鞍山黄漂队在龙羊峡出事，几名队员失踪的消息已满城风雨，尽人皆知了。由于报道中只是说马鞍山黄漂队两名队员失踪，没有点明出事队员的名字，人们误传其中有毛世卫，为此市政府还特地通知了毛世卫家人，闹得一家人哭天喊地，当确切的信息传来后，才感到虚惊一场。

几支黄漂队的接连出事，也震动了全国，并受到国内外媒体的高度关注。随即国务院紧急下发了文件通知，要求各省市组织人员劝其漂流队返程，停止漂流活动，以杜绝事故继续发生。

　　而在马鞍山市长办公会上，市领导们也如坐针毡，在传达学习国务院文件通知后，当即研究决定，一是密切关注新闻报道中有关寻找黄河漂流失踪人员的信息和社会舆情；二是加强与马鞍山黄漂队员家属的联系和沟通；三是责令由时任市体委副主任的施茂琪带队，管亚楠、李鹰等人员组成劝返小组，赶赴龙羊峡与当地政府取得联系，寻求支援，全力寻找失踪人员，并将马鞍山黄漂队员们劝返带回。

　　就在出行前，市报社总编辑找到记者李鹰谈话，话锋严厉："谁叫你参与组织黄漂活动的，做个新闻报道可以，你还掺和其中，黄漂出了事，你们能负得了这个责吗？"

　　李鹰一言不发，他知道，这时任何解释、争辩都是苍白无力的。

　　"这样吧，你回去写检讨，到黄河劝返你就不要去了，政府已有了安排。"就这样，李记者只得无奈地留在了马鞍山，无法参与搜寻马鞍山黄漂失踪人员行动了。

　　此时，市体委副主任施茂琪带着管亚楠及市体委教练员许祥生一行3人，很快就启程赶往龙羊峡。

　　在漫长的路途中，管亚楠躺在火车硬卧上辗转反侧，心里感到压力巨大，头脑中还在想着临行前副市长朱佩蓉交代的分量很重的话语："你们此行一是要想方设法找到失踪人员，二是要劝说马鞍山黄漂队队员回来。如做不到，你就不要来见我了。"

　　在龙羊峡水电四局第二招待所，接待人员得知马鞍山政府来人是做劝返工作、阻止漂流的，热情的态度立即出现180度大转弯，把马鞍山劝返组安排到招待所靠山脚下的一个偏僻最差的房间，无人管、无人问，连客房开水也不送。而马鞍山黄漂队员也阻止马鞍山市劝返组与当地人接触，这也是出于爱护马鞍山市声誉的好心。在当时那种氛围下，当地都把马鞍山黄漂队当作英雄般崇敬，请队员开联欢会，作报告，唱歌跳舞。特别是当马鞍山黄漂队出事后，龙羊峡聚集了几十家中外媒体，而马鞍山政府来人不是提供资金、漂流器材和组织领导方面的帮助，反而来做劝返工作阻止漂流的，一旦被媒体得知报道出去，会严重地损害马鞍山政府形象。

由于马鞍山黄漂队翻船，人员遇难、所有物资、器材全部损失，龙羊峡水电职工们也感到痛心，纷纷自发来到招待所看望慰问队员，并为马鞍山黄漂队开展募捐活动，给马鞍山黄漂队员送来的包子、馒头、水果、衣物等堆满房间，而队员们居住的客房也不锁门，不时有人送来捐赠物品。看到这些，管亚楠不禁一阵心酸，出于对队员们的感情和同情，他私下拿出自己带去的两个多月工资（当时月工资也就三四十元），给每人先发了5元钱，并买了几条烟，给每个队员们发了两包，并再三叮咛："我是劝其返程的，不是支持大家漂流的，不能说出去。否则被说成在支持你们漂流，我可承担不起这个责任。"

由于重任在肩，劝返工作还得做啊。在招待所的小会议室，管亚楠把队员召集到一起，会议气氛严肃沉闷，有的队员还沉浸在队员遇难的悲伤中抹着眼泪。管亚楠首先宣读了国务院的文件通知，传达了马鞍山市政府要求队员们返回的要求。市体委副主任施茂琪接着也诚恳地说："市政府是从关心爱护大家的角度着想，由于黄河漂流风险太大，你们没有漂流器材装备，没有资金，不能保证安全，现在黄漂又出了事，国家已明确表示不提倡、不支持。你们如愿意回去，政府承担你们的全部车旅费，对离开单位这段时间仍按上班时间考勤，不扣工资。"

马鞍山黄漂队小伙子们虽然都憋着气，但还都文明、礼貌地轮流发言表态，语气也比较过激，坚定漂流下去的决心都很一致。"我们在龙羊峡出了事，失踪队员还没找到，你们再要强迫我们回去，我们就从龙羊峡大坝上跳下去，死给你们看。"尽管市政府希望管亚楠利用自己在队员中的影响力，尽力做好劝返工作，可是队员们都铁了心，一定要继续漂流，越劝返队员们逆反情绪越大。队长张大波斩钉截铁地说："谁要回去也不阻拦，反正我要漂流到底。"一向寡言少语的夏忠明此时也冒出一句："自古忠孝不能两全，我们黄河漂流就是舍生取义的举动，有什么错！"而其他队员也纷纷表决心，要坚持漂流到底。这真让政府劝返组一行感到了左右为难。

劝返组要队长表态，张大波甩了一句"黄河我们漂定了"，就拔腿而走。面对马鞍山小伙子铁了心要漂流下去，双方找不到共同语言，劝返没有成功，会议不欢而散。

连日大雨不歇，给搜寻失踪漂流队员带来很大困难，但在龙羊峡下游的黄河沿岸，部队和当地政府组织的民兵，仍在冒雨昼夜不停地寻找着马鞍山黄漂队的失踪人员。连续多天搜寻马鞍山失踪黄漂队员无果，大家心情越来越着急，虽然都已预感凶多吉少，但有大量部队和当地民兵在拉网式寻找，大家心中都还留存一丝期盼和希望。马鞍山劝返组也不能袖手旁观啊，管亚楠提出到马鞍山黄漂队出事地点去，参与搜寻工作。在队员毛世卫陪同下，劝返组也投入了搜寻马鞍山失踪队员的工作中。

尽管峡谷山崖陡峭，马鞍山劝返组人员还是在队员毛世卫的带领下，前往出事地点参与搜寻工作。龙羊峡山崖海拔有3000多米，当大暴雨停后，天空清澈透明，加之空气稀薄，能见度极高，远方山崖一览无遗。看着前面不远的山梁估计也就半个小时路程，可走了2个多小时，只见山梁还在前面，管亚楠走得气喘吁吁，累得不行，不由得发出感慨：什么叫"望山跑死马"，我在这里算是真正感受到了。

龙羊峡峡谷两岸山崖陡峭度接近70度，根本没有下到河谷的路，就在劝返组成员、市体委田径教练许祥生走到山崖边找路时，突然一脚踏空，身体顿时失去平衡滑了下去，虽然双手抱住了一块岩石，但人已挂在崖壁上，一边的管亚楠见状急忙伸出右手，一把抓住了许祥生，将其拽了上来。许祥生悻悻回头向下一看，不由得惊叫一声："我的妈啊！"下面足有百把米深，如果真掉下去，不说摔死，也要折上几根骨头。在险些又出了一次事故后，大家受到了惊吓，走路也更加小心了。

连续登山崖、下低谷，马鞍山劝返组一行，终于来到了汤立波、张建安翻船失踪的黄河东龙沟一带。他们下到陡峭的山崖下，只见河水滔滔、激流飞下，从上游冲下的合拢大坝用的施工枕木、大水泥墩都被打成碎块，散落在河滩上。管亚楠拾起一块木桩头使劲向河中扔去，顿时被激浪打出老远，而扔去的石头也是被水挟裹在水面翻滚，久久沉不下去。看着这奔腾咆哮的黄河水，管亚楠心中凉了半截，心里不由得念叨："人要是落入这样汹涌的水中，要想活命，难啊！"

当马鞍山劝返工作组参加搜寻和听取了当地政府关于搜寻失踪人员情况的介绍后，施茂琪和管亚楠又来到临时组成的搜救指挥部汇报工作。刚乘直升机从黄河沿线搜寻返回的西宁军分区作战处陈宝银处长，得知是马鞍山市政府过来的人后，气就不打一处来，一脚踏在板凳上，撸起裤腿，暴跳如雷地说："出事时你们在哪里？我们的战士，尤其在夜晚，都在悬崖峭壁上搜寻，有几个战士差点牺牲在前线，他们牺牲后我们怎么办？我们怎么交代？"等到对方火气小了一些，管亚楠连忙递上政府介绍信，心平气和地说："我们也是关怀大家、爱护大家的生命，我们是马鞍山市政府派来劝返的，希望军区领导给予支持。"经过一番解释后，对方火气才慢慢消退，坐了下来，谈起工作。

由于管亚楠在队员心目中德高望重，彼此之间见面都有种感伤的心情，更有亲人久别相见的亲切。开始队员们碍于情面，见到管老师是客客气气，礼礼貌貌，谁也不顶撞他、为难他，但后来干脆就避而不见了。就在几天后一个早晨，当劝返组人员起床后，感觉到招待所里无声无息、空空荡荡的，赶紧跑到马鞍山黄漂队员住的几个房间，都是人去床空。

劝返组感到情况不对，管亚楠找到陪伴的队员毛世卫，再三询问其他人到哪里去了，得到的回答是："我也不知道啊，黄漂队把我也甩了。"劝返组人员立即沿黄河岸追寻，这哪里追得上呢，马鞍山黄漂队已不辞而别了。这下劝返组真的着急了，哪怕能劝返一人回来，也能有个交代啊。那时场景，管亚楠在后来的回忆中尴尬地直言："当时就有一种像警察抓小偷的感觉，让人感到心情很沉重。"

劝返组也是蛮拼的，跟在马鞍山黄漂队后面，从青海一直追踪到甘肃。地方政府还提供了一辆吉普车供马鞍山政府劝返组使用，但除了始终陪同协助劝返组的队员毛世卫外，寻不到其他马鞍山黄漂队员的任何行踪。在黄河上游待了半个多月后，马鞍山劝返组钱也花完了，只得郁闷地踏上返程。当然也不是无功而返，后来队员苗玉玺因家中有事先期返回，钱海兵因双手严重受伤，无法再继续漂流，只得暂时返回马鞍山养伤。

对于留下来的马鞍山黄河漂流队员来说，同伴失踪、生死未卜，已十分悲伤，他们坚持要搜寻下去，活要见人，死要见尸。更主要的心态是，马鞍山黄漂队作为黄河第一漂一直是漂流领先，在所经过的省区途中已造成较大影响，并以此为傲。加之马鞍山队已漂完了黄河上游大部分险峡急滩，眼看就要胜利在望，这时要劝返回去，岂不是前功尽弃？正因为这些想法，不要说损失两名队员，就是只剩下一名队员也铁心要完成黄河全程漂流，这是马鞍山黄漂队的誓言。在这个架势下，任何困难、任何说服劝阻都难以阻挡黄漂队员们的决心。

就在马鞍山工作组守在龙羊峡招待所，为全力劝返不见效果而感到焦虑时，马鞍山市也在加大劝返宣传力度。

为回应全市对马鞍山黄河漂流活动的关注，6月19日，《马鞍山日报》在头版刊发了一篇由政府部门撰文的《市有关部门就我市青年自发'黄漂'一事答本报记者问》。态度鲜明表示："黄河之水天上来，自发'黄漂'要劝回。"文中指出，马鞍山13名青年黄漂是自发组织的，在出发前，未经市有关部门的批准而贸然行动。通常人都知道，不要说去黄河激流探险，就是到江湖游泳，也不能只凭热情，而要有严格的科学态度，而这些青年既未经过严格训练，又没有基本探险技术和所必需的探险身体素质，实在是一种盲目冒险，令人担忧。

文中表明了政府的态度，对这些青年自发黄漂一事，从一开始我们就劝阻不要盲目探险，并向省有关部门请示报告，省里也及时转请国家有关部门。国家有关部门对我市青年自发黄漂一事做了明确的答复："激流探险在我国尚未作为体育项目开展，从实践经验看，依据我国自然环境，举办江河探险其难度是很大的，涉及许多地方和部门，国内器材设备和技术力量也有相当差距，因此，举办这类活动不可轻率从事，对于少数青年在缺乏领导和周密组织，未经严格训练和足够准备情况下，应当说服劝阻，避免冒险蛮干给国家和个人带来损失。"

国家有关部门答复已很清楚。第一，指出了黄河险要，据资料载明，在黄河5000多千米的全流程中，有多处峡谷和险滩，唐代大诗人李白的"黄河之水天上来"的诗句，就是对这些险峡激流情形的生动写照。我们要征服它，国家目前尚感器材设备和技术的差距，我们马鞍山是仅有30多万人口的新城市，就更不具备条件了。第二，进行江河探险活动是一桩国家和地方以及各部门需要紧密配合的事，国家组织这类活动都有困难，一个地市有何能耐？第三，它说明了进行黄河探险需要较长的时间和充裕的物资准备，从我市目前的人力、物力、财力现状看，也是鞭长莫及。

对于青年人贸然行动已成事实的问题，文中指出，我市青年人自发进行黄漂之举，其热情虽然可贵，但盲目性大。市领导从关心和爱护出发，多次耐心进行过劝阻和劝回的说服工作，并派专人前往龙羊峡劝说他们返回马鞍山，以避免盲目蛮干而造成不应有的损失。同时期望单位、家长和各部门共同做好他们返马的思想工作。

与此同时，市政府要求马鞍山黄漂队的队员所在单位采取强制措施，务必要将这些队员劝回。一时间，马鞍山黄河漂流队所住宿的龙羊峡四局第二招待所，紧急电报纷至沓来。

　　"四局二招，马鞍山漂流队王来安同志，你父母及同事盼你接电速回动力车间。"（这是马鞍山向山硫铁矿发出的电报。）
　　"马鞍山黄漂队钱海兵接电速回。"（这是马钢三钢厂发出的电报。）
　　"张大波接电速回。"（这是马钢民建公司发出的电报。）
　　……

当马鞍山市有关部门就本市青年自发黄漂一事答记者问传到马鞍山黄漂队后，尽管是态度鲜明、口气平和，但这些铁了心要全程漂流黄河的队员都无法接受。脾气暴躁的张大波误认为是记者李鹰写的，还恶狠狠地煽动说："这个李记者背叛了我们黄漂队，回去后要找他算账，打断他的腿。"当好心人把这番话传给李记者，要他注意安全时，李鹰也不解释，一笑了之。他知道张大波的脾气，这是一时的气话罢了。

第十四章　长漂英雄魂断黄河

就在青海军民全力搜寻马鞍山黄漂队失踪人员时，人们突然发现，原来在龙羊峡上空盘旋的部队直升机，调转了方向，向拉加峡方向飞去。当大家正在纳闷时，有惊人消息传来，河南黄漂队6月19日在冲击拉加峡中的哦赫也木滩时出大事了，敞式橡皮筏被激浪打翻，5名队员全部落水失踪，其中就有经过1986年长漂考验、被誉为"漂流王子"的长漂英雄雷建生和郎保洛。

据河南黄漂队后任队长袁世俊回忆，河南队进入拉加峡后，停船考察过哦赫也木滩，这里共有3个滩，最凶险的是第三滩，乱浪跌水连成一片，白花花地一直连到峡谷尽头。"有通迦峡的气势！"这是雷建生当时的感觉。在1986年漂流长江时，雷建生就是带领洛阳长漂队率先在长江通迦峡冲滩成功，而声名鹊起。如何闯过拉加峡哦赫也木滩，当时队员袁世俊提议用密封筏冲滩，但被队长雷建生否决了："我看，敞船有可能过去。"郎保洛也支持雷建生用敞船闯关，他说："还是那句老话，看着恐怖，眼睛一闭就过来了，不能犹豫！"

6月17日、18日连降暴雨，拉加峡谷河水暴涨，河南黄漂队队长雷建生、郎保洛带领袁世俊、张宁生、朱红军共5名成员乘敞船从玛沁县军功乡下水，在漂行约10千米后，进入哦赫也木滩，这是个三级共11米落差的险滩，此时更是变得洪水滔滔，在河南队员毫无思想准备的情况下，橡皮筏冲入滩中，一下子跌入深水谷，然后又被推上七八米高的浪峰。

刚冲过两道大浪，又一个大浪从后面打到了船尾上，郎保洛和朱红军一下被压到了水里，但腿还没有离开船，袁世俊立刻松开桨拉住朗保洛，郎保洛又拉住朱红军重新回到船上。这时船桨已经不起作用了，大家只得紧紧拉住筏上的绳子，又一个大浪打来，整个船被压在水里，然后船下有一股很大力量的水流将船向左侧打翻，整个过程仅仅发生在大约5分钟时间里。

袁世俊因划后桨被扣在船底中间。船底空气很少，袁世俊在船底中心换了一口气后，拼命拉住绳索爬到船尾把头露出水面。看到大家都还在，雷建生在船左前方，朱红军在船左侧，张宁生、郎保洛在船右后侧。就听到雷建生喊着："注意抓好绳子，前面又有大跌水！"话音未落，就感觉到船一阵剧烈晃动，汹涌的大浪铺天盖地从头顶压过来，橡皮筏在激浪中下行大约半个小时后，雷建生攀上了船底前部，叫大家把船翻过来。大家开始往船底爬，但都爬不上去。袁世俊刚爬上半个身子时，船又一次进入跌水，将雷建生又打入水中，他急忙拉住绳子没被水冲走。

在水中挣扎近一个小时后，朱红军最先开始大叫："建生，我不行啦！"建生说："坚持住！"但是朱红军、张宁生已感到坚持不住了，开始大声呻吟起来。袁世俊在一旁不断鼓励："再坚持一会儿就过去了。"朱红军说："我冷得受不了了。"由于黄河上游的水大都是冰雪融化之水，冰凉刺骨。根据生理学知识，人在零上几摄氏度的水中最多只能坚持十几分钟就会冻僵。（其证据是，泰坦尼克号沉船后的公开数据分析表明，人在冰冷的水中撑不过40分钟，便要死亡。）何况5名队员已在冰水中浸泡了近1个小时了。

水急浪大，船总靠不了岸，唯一的办法就是快点儿把船翻过来。大家用力往船底上爬，袁世俊第一个爬上了船底，其余4人中，张宁生抓着袁世俊一只脚，建生抓着袁世俊的一只胳膊，朱红军抓住袁世俊另一只脚，郎保洛拉着右后面的绳子往上爬。但大家都已筋疲力尽了，怎么也爬不上来。雷建生刚爬上了船头，当船冲到前面一个险滩时，由于没拉住绳子，又一次脱手滑下水去，袁世俊也从船后面滑进水里。

也不知过了多少时间，袁世俊发现船尾少了一个人，只见郎保洛脱手离船了，在离船后面 20 米远的水浪中漂着。一个大浪卷来，一会儿不见了，一会儿又冒出来，但已没有控制能力。袁世俊大声叫着："保洛！"又赶快告诉雷建生，保洛掉下去了。此时雷建生脸色已十分难看，说不出话来，只是指着岸，意思是要大家赶紧想办法靠岸。

在水流比较缓一点的地方，袁世俊使劲用脚划水，想将船推往河边，但做不到，船以每秒钟约 10 米的速度继续向下冲着。雷建生在前面叫："抓好绳子，再坚持一会儿！"但朱红军和张宁生的呻吟声已慢慢变小了，不一会儿两人也冻僵脱手了，在离船不远的浪里翻滚。再看郎保洛，已经离船越来越远了。

船还在继续往下冲，袁世俊看见一块大石头在船左边的岸边，袁世俊大声喊："建生注意石头！"说时迟那时快，飞流而下的橡皮筏船帮已擦上岩石，正在船左侧的雷建生头重重地撞到了岩石上，但手还抓着船边的绳子，叫喊没有回应。前面又是个跌水，袁世俊也被卷入水中，此时身体将要冻僵的袁世俊神志也已经模糊，到底在水中漂了多长时间，也不太清楚……

当袁世俊醒来时，人已在岸边一个石滩上了，看到橡皮筏就停在不远处一个小回水里晃动。袁世俊大声叫着："建生我们靠岸了！"没有回答。袁世俊挣扎着爬起来把船拉过来，只见雷建生的胳膊还在绳子里挎着，面孔朝天，两眼直直地望着天空，水冲在脸上也没有反应。袁世俊简直不敢相信这个现实，大声哭叫着："建生，你怎么啦？建生，你醒醒，我们靠岸啦！"

袁世俊用全部力量把冰冷的雷建生抱在怀里，用嘴对着他的嘴吹气，紧贴着脸，想把他暖和过来，但脉搏已经没有了。袁世俊哭叫着："建生你醒醒，建生你醒醒！"可雷建生再也醒不过来了。袁世俊用手合上雷建生那双死不瞑目的眼睛，看见他的双腿还在水里，就用力往上拖，可怎么也拖不动。在又惊又吓中袁世俊倒在河滩上，又昏迷了过去……

袁世俊苏醒后赶紧往山上爬。几个小时后，终于见到一个帐篷，想请主人帮忙抬雷建生遗体，报信，由于语言不通，主人光摇头。无奈袁世俊又回河边，向另一条路爬。谁知此路是绝壁，他又饿又乏再次昏了过去。等醒来时，他发现河水猛涨早已淹没了来路，自己被孤单单地困在了悬崖下，而且大水又将船和建生的遗体一起冲到对岸下游的回水里。

夜幕降临，河谷阴森如无垠的黑洞。袁世俊摸摸口袋，里面塑料包里还有10多根火柴，他找来干树枝放好，把火柴揣进怀里暖，然后划火柴。连划几根没划着，他再也不敢轻易划了，又把火柴揣进怀里。这次划着了，但一根一根接上点燃，最终也没能把树枝点燃。他坐了一夜。

第二天饥肠辘辘，他寻遍四周空地，见到两棵大黄。他曾在账房里见藏胞小孩子吃过这东西，于是，拔下来就往嘴里塞，也不知什么滋味。在岩缝里他又找到一个小瓶，里面不知盛的啥，闻闻一股膻味，用舌头一舔是羊油。那个说不出的滋味一入口简直要呕吐。估计这羊油是淘金人藏起来备用的，也不知是猴年马月放的。

这样熬了两天，袁世俊忽然看到河中漂下一密封船，像是北京队的，他喜出望外，大喊："我是河南队的，快来救我！"密封船里探出人头，挥挥手眨眼就漂走了。袁世俊又陷入孤独，饥饿难耐，不缺的就是这混浊的黄河水了。

当水位稍稍降低，显出了一段来路。但袁世俊浑身再无半点气力，看着峭壁，涌来一阵绝望。谁知他又一次抬头，忽然看到对岸有人影，细一看，是河南队的队友！他只激动地挥手，已没有力气再喊了。

这是河南队的马云龙、徐小苒等队员，他们在获悉河南队出事后，迅速从西宁赶了过来，在赶往唐乃亥的途中，听到了中央人民广播电台的《新闻联播》，才知郎保洛、朱红军的遗体已在唐乃亥捞出，张宁生的遗体在大米滩被发现。

此时秀麻乡政府得到藏胞强巴报信，说黄河果伯曲多有一拖里南木齐（藏语意"从天上掉下来的水"，即跌水），附近发现一黑色橡皮船。

第二天上午河南队队员赶到现场，天正下着大雨，山上泥石流挟裹着橘红色泥土冲入水中，使黄河水呈现出没见过的红色，看到一个黑色橡皮筏漂了过来，大家把船拉到岸边，只见船上有个用绳子捆住的遗体，果真是雷建生。只见雷建生穿着洛阳长江漂流队的汗衫，套着在金沙江白鹤滩遇难的长漂战友雷志的橘红色救生衣，船也是雷志曾驾过的104型敞船……长漂勇士魂断黄河，队员们止不住放声大哭。

大家为其洗净遗体，穿上队服，队员徐小苒摘来野花放在他的胸前。大家将雷建生遗体放上破损的橡皮筏上，用绳子编成网罩住，推入河中自然下漂，而队员马云龙带车速回下游的唐乃亥乡，接应放漂的雷建生遗体。由于当地天气炎热，只得将遇难队员遗体护送到共和县殡仪馆就地火化。张宁生是回族人，按回族风俗也就地土葬。

徐小苒等人在找到放漂的雷建生遗体后，即向上游沿岸搜寻，没走多远就发现了对岸的袁世俊，但只能隔河相望，他们瞪大眼瞅着对岸的山上。好容易盼来一位放牧藏族同胞，又喊又叫又比画，足足折腾了半个小时。最终藏族同胞会意，找到绳索下到峭壁寻到袁世俊，把他连拖带拽弄回到了自己的帐包。袁世俊在被困崖边四天三夜后，得以生还。

1987年6月19日，河南黄漂队在拉加峡遭遇重创。长漂英雄、河南黄漂队队长雷建生（时年36岁）、郎保洛（时年34岁），队员张宁生（时年33岁）和朱红军（时年26岁）命丧黄河，而队员袁世俊是唯一的幸存者。

黄河两岸山峰静静地矗立，仿佛在为出师未捷身先死的牺牲者们默哀，黄河汹涌怒吼，此刻也化为深沉的鸣咽，为叱咤风云的一代"漂流王子"陨落而悲伤。

1990年6月19日，在雷建生遇难3周年之际，河南黄漂队友在洛阳龙门西山万寿山陵园为雷建生树立了一座雕像。汹涌的黄河波涛中腾起一朵奇诡的浪花，托起雷建生坚毅冷峻的头颅，构成一种精神与岁月的永恒。2米多高的黑色大理石底座上，镌刻着洒脱遒劲的大字："黄河之子"。

碑文中写道：

君平生志向高奇，眼量冲远，一九八六年与友组中国洛阳长江漂流探险队慨然西行，冰川溯源，挥楫中流，一叶飞舟，穿沱沱、越金沙，惊跌虎跳峡，翼掠老君滩，叶巴奇险镇定自若，几度覆舟痴情不移。艰辛备尝，风流难述，谈笑间九死一生潮涌处，终至东海。君虽功成而身不退，名已就而志不改。越明年，无畏谗讥，笑纳善意，组漂黄河，竭尽心力，然九曲黄水礁似刃浪如割，拉加峡谷壑雷轰，然不意舟覆触礁罹难，卒年三十有六。呜呼，痛失挚友柔肠断而侠骨存；惜哉，天丧人杰九州恸且江河咽；壮哉，黄河之子志未酬然雄风在；伟哉，华夏儿郎不世之举后人说。

......

郎保洛遇难后，在他的遗物中，大家发现了一封已经被黄河水浸泡的信，这是郎保洛母亲张志珍得知郎保洛在黄河上第一次翻船脱险后写给儿子的信，字里行间表达出一个坚强母亲理解、支持儿子漂流事业的慈爱之心。全文如下：

洛儿：你好！

遇险得救后仍继续漂流说明身体还顶下来了，你们这次漂流虽然也是自发的，但可比上次好多了，你要依靠党团组织改变自己爱冲动的作风，通过组织和同志的帮助，完善自己。去年我心随儿漂长江，今年我心又得漂黄河，希你抽时间给我来信，同时对同志们说都抽时间给家里写信，以解思念之情。我在家邻居对我一切都很好，勿念！祝你慎重冷静智取，再次漂流成功！

妈妈

1987年6月1日

郎保洛老母亲张志珍晚年丧子后，一直孤身一人居住。她一把怀念、一把老泪地将儿子当年漂黄河的所有资料都已整理成册，并加上了自己的标注。老人不允许任何人诽谤他的儿子，就在1987年黄河漂流结束后，看到有一篇歪曲黄河漂流、诋毁郎保洛名誉的报道后，为了捍卫死去儿子的名誉，郎保洛母亲将这篇报道的作者和单位告上了法庭，多次往返洛阳和北京，花了将近 6 年的时间，最终打赢了这场官司。如今，老人已经 90 岁了，几十年来，老人没事的时候，总会看看儿子小时的照片和当年黄漂的录影带，这已经成了老人晚年生活的全部寄托，每天都生活在对儿子的回忆中⋯⋯

⋯⋯

而黄河上游青海境内的尕玛羊曲，也成为北京黄漂队的伤心之地。1987 年 7 月 5 日，北京黄漂队到达黄河唐乃亥下游的尕玛羊曲，这里是黄河上游以凶险大旋涡出名的险滩。可能是思想上轻敌，北京队此时却要命地换下密封筏，改为用敞船闯关，虽然队员们也做了充分准备，用缆绳拴到敞筏上，由岸上的队员们用缆绳拽着橡皮筏，以防漂流过快造成失速被旋涡恶浪打翻。

然而人算不如天算，这个决策失误还是造成了不可挽回的后果。当船刚冲进尕玛羊曲中的大旋涡后，没料想到河床里潜伏着一个近 2 米高的跌坎，尽管岸上的队员们奋力拉绳，筏上的队员使出全力拼命压着船舱，但凶猛的跌水还是把敞筏掀翻了，筏上 6 名队员全部落水，身高 1.85 米的队员杨浩在汹涌激流中还一心想要挽回失控的橡皮筏，但没有成功，连船带人被巨大旋涡卷入了河底，不幸身亡，时年 29 岁。

在当地老乡的帮助下，大家从湍急的河水中将挂着杨浩遗体的橡皮筏打捞上岸，在为杨浩清洗净身更衣后，队员们列成一排，以对天鸣枪的仪式向英灵告别。

在大家的记忆中，杨浩白白净净一副书生气，见人总是笑眯眯的。当北京黄漂队到达玛多县城时，他就接到家里的一个报喜电话，妻子给他生了个女儿。当上了父亲让他十分欣喜，既泪流满面又手舞足蹈，当即买了好多当地食品从邮局寄回到北京家里。北京队的领导得知杨浩的情况后，决定破例批假，准许他可以回家一趟，看望自己的妻子和女儿。可他一门心思扑在黄漂上，一拖再拖，后来进入峡谷区，马鞍山队和河南队接连出事，杨浩怕别人笑话他在最危险的时候离队，再次拒绝了大家的好意。没料想，就在看似平缓实则凶险的黄河尕玛羊曲出事了。

杨浩在遇难时，他的孩子才刚满两个月，他还未曾见过孩子一面⋯⋯

第十五章　激情在黄河上燃烧

"朝闻道，夕死可矣"，揭示了中华民族气节的源泉。经过世代培育、弘扬、传承的气节和信念，是数千年来支撑中华民族生生不息、弱而复强、衰而复兴的灵魂和脊梁：是一个民族傲立于世的精神支柱。"英雄生死路，却是壮游时"，这是明末著名诗人、抗清英雄、17岁的夏完淳在屠刀下英勇就义展现出的宁折不弯的气节。

这种节气在黄河漂流敢死队员们身上也得到显现。在自认为黄漂科考探险举动是振兴民族精神的大义行为后，在与黄河激浪抗争的特殊探险战场上，那种认准目标九牛也拉不回的犟劲，乃气节使然。其激发出来的支撑黄漂的精神支柱和义无反顾、抑或称之孤注一掷的激情，在今人看来可能是难以理解的。

黄河漂流的三支漂流队发生7人罹难重大挫折后，国务院办公厅又发出了国办发〔1987〕41号文件《关于加强江河漂流活动管理的通知》：

各省、自治区、直辖市人民政府，国务院各部委、各直属机构

最近，一些省、自治区反映，自发到长江、黄河等江河进行漂流探险活动的团队和个人为数不少，目前还有增加的趋势。这些团队和个人进行漂流探险活动，多数未经有关部门批准，事先也未与有关省、区联系。他们由于对沿途地区的地势、气候、交通、通信等情况缺乏了解，对漂流探险的艰苦程度没有充分的思想准备，又缺乏应有的训练和物资设备，因而在漂流探险活动中

经常遇到各种困难和发生险情。同时，这类自发组织、个人进行的漂流探险活动，不但给有关地区增加了负担，也不利于江河源头及沿线许多资料的保密。为此，经国务院批准，现就加强对江河漂流探险考察活动的管理问题通知如下：

一、举办江河漂流探险考察活动，应从严控制，并严格履行审批手续。

（一）在与外国签订的科技、文化、体育等交流项目中，如有江河漂流探险考察活动项目，应按国家的有关规定办理。

（二）中央国家机关和全国性社会团体组织的有关科技、文化、体育、地质等专题或综合性的江河漂流探险考察活动，经归口单位审核后，报国务院批准。

（三）各省、自治区、直辖市人民政府所属部门组织的科技、文化、体育、地质等专题或综合性江河漂流探险考察活动，在商得有关部门和沿途地方人民政府同意后，报省、自治区、直辖市人民政府审批。各省、自治区、直辖市人民政府可根据本地实际情况制定管理办法。

二、经批准主办漂流探险考察活动的单位，在经费、物资和技术上要做好充分准备，从各方面进行周密组织，上级部门要指定专人帮助实施。

三、各新闻单位对未经批准的漂流探险活动，不得公开宣传报道。

国务院办公厅

一九八七年七月二日

紧随着国务院办公厅通知，北京市、河南省政府有关部门采取了措施，加强了对黄河漂流的领导和管理。安徽省政府也要求马鞍山市采取有效措施，对黄漂队员进行强制劝返。青海省政府也发出了通知，提出："对群众自发组织的漂流探险考察活动，不提倡，不支持，不接待。"

队员在八盘峡黄河公路吊桥下放船下漂

至此，黄河漂流舆论出现了大反转，来自北京、青海等十多家媒体和都市报、晚报等随队记者，全部撤离了黄漂队，退出黄河漂流的报道，黄河漂流声势一时陷于沉寂。

挫则益坚，不坠青云之志。三支黄漂队在遭受严重挫折后，虽然也在痛定思痛，并进行整顿，国家也已出面阻止，但三支黄漂队铁心要全程漂流黄河的意志愈发坚定。正如马鞍山黄漂队队长张大波坚定地对马鞍山劝返组所说的："我们已在黄河上损失了两名队员，就这样放弃，怎能对得起死去的弟兄？不论政府是否支持，哪怕被单位开除，我们都要继续漂下去，不达目的誓不罢休。"

此时汤立波的哥哥汤立学也赶到龙羊峡，参与寻找弟弟的下落，马鞍山黄漂队员们都感到难以面对，但其一番话令马鞍山漂流队员们既吃惊又感动。"我弟弟在黄漂中遇难了，全家都很悲痛，但我理解我弟弟认准的漂流探险事业，我也要报名参加马鞍山黄漂队，代替他完成黄河漂流，以慰弟弟在天之灵。"而在北京黄漂队队员杨浩遇难后，当有关部门上门安慰时，他的妻子陈爱华在默默的抽泣中说了这样一句话："杨浩没完成的事情，我可以替他完成。"在把幼小的孩子托付给父母后，她也毅然加入了北京黄河漂流队。

"前仆后继人应在，如君不愧轩辕孙。"一定要为国争光，完成人类首次无动力全程漂流黄河的共同意志，把队员、家属和关心黄漂探险事业的人们的心紧紧地连到了一起。

由于在龙羊峡翻船，马鞍山黄漂队仅剩的两只橡皮筏完全报废。正当大家为没有漂流工具发愁时，有一个人出现了，他就是曾经独自全程漂流长江被誉为"长漂个体户"的安徽人王殿明。当年 6 月期间，他作为《中国经济报》记者，正在黄河上游进行考察调研活动，作为局外观察者，他十分关注安徽马鞍山黄漂队的漂流动态。当马鞍山黄漂队在 6 月 11 日漂流龙羊峡时遇险，两名队员失踪后，王殿明感到非常悲痛和惋惜，亲不亲故乡人，6 月 13 日王殿明赶到龙羊峡，首次接触到安徽马鞍山黄漂队，并主动投入对失踪队员的搜救工作和安徽马鞍山黄漂队的组织指导中。

当马鞍山黄漂队准备把打捞上来受损严重的海洋筏重新修补继续下漂时，王殿明考虑到，下面还有众多险峡险滩，用这样简陋且受损的装备再进行漂流实在太危险，因而极力阻止。但面对马鞍山黄漂队员不计后果非要下漂的坚定决心，王殿明做出一个决定，提出将自己成功闯过长江虎跳峡的多功能橡皮筏，提供给马鞍山黄漂队使用。由于这功勋橡皮筏已被存放在了中国自然博物馆，王殿明当即给中国自然博物馆负责人写了一封信，希望能将保存在博物馆内的多功能橡皮筏借出，在完成黄河漂流后再送还。

信交给张大波和王来安后，两人随即从龙羊峡乘火车奔赴北京，中国自然博物馆一位女领导见到王殿明的信后，破天荒地同意了将王殿明的多功能橡皮筏借出。两人也不敢停留，当晚就携带着王殿明改造过的漂流筏赶回龙羊峡。之后，马鞍山黄漂队又派出队员夏忠明到北京，将王殿明存放在中国自然博物馆的另一只敞筏借出。

有了王殿明提供的漂流工具支持，马鞍山黄漂队士气和信心大增。为了保持一直漂流在前的首发优势，尽管当时虽不能确定汤立波和张建安是失踪还是死亡，但队员们还是强忍失去队友的悲痛，于 6 月 25 日从龙羊峡水电站下游 30 多公里处的贵德县黄河岸边下水，继续漂流前进了。

马鞍山黄漂队在黄河上游顺流而下，昼夜兼行，一路闯过西瓦峡、松巴峡、公伯峡、李家峡，进入了青海、甘肃两省交界处的积石峡。

百里积石峡横亘在青藏高原的边缘，把青海的雪域高原和甘肃的黄土高原截然分开，与上游李家峡巨大水流涌进峡谷、如巨龙奔腾咆哮凶猛相比，积石峡又是另一种韵味，奔腾的黄河从深而窄的谷底流过，在峡壁上左突右冲，河水撞击的声音，把整个峡谷变成一个巨大音箱，流水的声音几十次地折射，仿佛是交响乐队的和弦，你甚至能听到管乐和弦乐各声部之间鲜明的层次，偶尔定音鼓一声重响，那是巨浪扑在拦路的巨石上发出的声响，指挥是积石山，乐队是积石峡，只是流水在峡谷空山中形成的那种幽深而浑厚的共鸣，是当今世上任何乐器都无法表现的。

尽管峡谷水流还是那么湍急，但没有大跌水那样的凶险了，马鞍山黄漂队驾着船头高高翘起的 104 型橡皮舟，队员们分坐两排用桨控制着行进方向，一路劈波斩浪，在空谷回声的伴随下快速穿行。当漂流到峡内沙平水缓的地界，已有人烟，不断地看到有淘金客在岸边支筛子，用黄河水淘黄河金。

这里的连片河滩由从上游冲刷下的大量沙石淤积而成，由于其中含有金砂，吸引着"金客子"（当地对淘金客的称呼）蜂拥而至。因而积石峡的出名不是谷深浪急，而是这里有黄金啊。队员们停船上岸，好奇地看着淘金客如何淘金。淘金不要本钱，只要有一把力气能把河底翻个个儿就行，只见这些人把河滩边的沙子挖出来，用筛子在水中不停地晃动，淘到最后一道，沙子上漂着一层明晃晃的东西，手指伸下去什么也摸不着，但当抬起手在阳光下照着，似乎有些闪闪发亮的东西嵌在指甲缝里，"金客子"说这就是淘出来的金子。

队员们感到很不以为然，张大波这个大喇叭又发议论了："像这样淘金，要猴年马月才能淘到一两啊。"

这时王来安就送上一句："你可知道什么叫'集腋成裘'啊，要是金子那么容易淘到，那人人不都发大财了，要不怎么说勤劳才能致富呢！"

这边的黄毅看了半天，摇摇头："这活儿急性子干不了，我们还是干漂流的正事吧。"

确实，水流沙走，"金客子"围着黄河转，淘不尽的金子，淘不尽的希望，都叫他们"金客子"，也没见谁发了大财。

出了积石峡，一路漂行，就进入了位于甘肃省永靖县的刘家峡水库。刘家峡水电站是第一个五年计划期间，我国自己设计、自己施工、自己建造的大型水电工程，为黄河上游开发规划中的第七个梯阶电站，兼有发电、防洪、灌溉、养殖、航运和旅游等多种功能。水库的水域面积达130多平方千米，蓄水量约57亿立方米，正常水位1735米。由于水库地处海拔2100米高原峡谷，被誉为"高原明珠"。水库内景色壮观，在足有6公里宽的两岸，奇峰对峙，壁立千仞。由于这里汇入了洮河、大通河和湟水等大支流，水量大增，且兰州以上黄河的含沙量不多，所以水库内湖面辽阔，河水清冽，风光旖旎，黄漂队员们放船水面，欣赏着难得的高原美景，身上疲乏一扫而光，自由地挥着船桨拍击水面，激起一片浪花飞舞。而前面80公里外，就是西北高原重镇兰州了。

队员们心情都很好，当在刘家峡水电站大坝下登岸时，大家已在水上漂流5天了，食物也耗尽了，于是队员们来到刘家峡水电站所在地的甘肃省临夏回族自治州永靖县补充食物。

永靖县地处古代中西交通要道"丝绸之路"陇西段支线上，由于商旅往来，古时就是交通要道，在城西南35千米黄河右岸的积石山的大寺沟崖

马鞍山黄漂队员在刘家峡下漂前与当地群众合影

壁上凿有著名的炳灵寺石窟。

炳灵寺石窟的"炳灵"为藏语"仙巴炳灵"的简化，是"千佛""十万弥勒佛洲"之意。西晋初年（约公元3世纪）开凿，正式建立于西秦建弘元年（420），上下四层。最早称为唐述窟，是羌语"鬼窟"之意，唐代称龙兴寺，宋代称灵岩寺，明朝永乐年后称炳灵寺。存有窟龛183个，共计石雕造像694身，泥塑82身，壁画约900平方米，分布在大寺沟西岸长约200米、高60米的崖面上。石窟以位于悬崖高处的唐代"自然大佛"（169窟）以及崖面中段的众多中小型窟龛构成其主体。2014年6月22日，在卡塔尔首都多哈召开的联合国教科文组织第38届世界遗产委员会会议上，炳灵寺石窟作为中国、哈萨克斯坦和吉尔吉斯斯坦三国联合申遗的"丝绸之路：长安——天山廊道的路网"中的遗址点成功列入《世界遗产名录》。

马鞍山黄漂队员在参观了该石窟后，径直来到永靖县委、县政府，但摸错了门，走进了县人大常委会办公室，当工作人员得知是马鞍山黄河漂

队员们在黄河边纵情放歌，展现着乐观主义精神

流队后，纷纷起身表示欢迎，热心询问需要什么帮助。

"我们是马鞍山黄河漂流队，现到达贵地，请帮我们开个路过永靖县的证明，可以吗？"王来安代表队员提出请求。

"这个事啊，好办。"工作人员立即出门去请示领导，不一会儿就喜形于色回来了，打开抽屉，拿出信笺，唰唰写上"兹有安徽马鞍山市黄河漂流队王来安一行5人于6月30日来我县。特此证明。"并拿出了大红公章，工工整整地盖上"永靖县人民代表大会常务委员会办公室"的大印，交给了马鞍山黄漂队员。当队员们拿到"通关文牒"后，喜滋滋离开了县委大院，到街上找了一家饭店，一人要了一大碗兰州拉面，吃了个饱。

当马鞍山黄漂队到达距兰州约50千米的盐锅峡水电站后，也受到职工们的欢迎和盛情挽留。张大波、王来安、毛世卫和王越明被邀请参加水电站团委组织的座谈茶话会。当了解到马鞍山黄漂队员们都是20来岁的小伙子后，在赞美之余也有众多疑问，由于毛世卫最活跃，一个从甘肃敦煌来水电站实习的叫刘亚甦的女大学生好奇地问他："你在这个年龄最想干的是什么事？"

"那当然是要闯世界、经风雨、见世面啊，要不我们怎么来漂流黄河探险呢！"毛世卫自豪地说。

又一个女孩冒昧接上话："你们这个年龄应该是谈恋爱的黄金时期，为何要来黄河探险，如果死了那多可惜！"

"你们如果找对象，要找什么类型的女孩？"处于青春期的姑娘们有问不完的好奇。

队长张大波达到盐锅峡水电厂留影

队长张大波马上接上话:"年轻人就要志向高远,不能把大好时光放在谈恋爱上,我们要像中国女排那样,干一番大事,把青春献给祖国。我们到黄河漂流探险,就是要填补首漂黄河的世界漂流探险史上的空白。下一步我们还想到美国密西西比河漂流呢。"这一席高大上的话语,让在座的姑娘们佩服得五体投地。

"我要追随你们,愿意带我吗?"那个叫刘亚甦的姑娘第一个表白说。

"你要想体验漂流的感觉可以,如果要随队漂流,你们吃不了那个苦,那是要死人的。"毛世卫劝导说。

"不带我们漂流,那我们就结个'亲家'吧,张队长,你在漂流中要照顾这个'亲家'哟。"刘亚甦话中虽带有调侃玩笑的味道,但看得出姑娘是心有所向的。

座谈会上大家都十分开心。姑娘们拿着本子,围着黄漂队员们签名。大胆一些的还往黄漂队员脸上亲一口。

考虑到肩上的漂流任务,马鞍山黄漂队在盐锅峡水电站修整2天后,与水电站朋友们依依不舍告别,向兰州进发了。

第十六章　黄漂勇士到达兰州

由于打前站的队员黄毅前期赶到了兰州，马鞍山黄漂队即将到达兰州的消息，已在市民中传开了。而兰州市民对黄河漂流队的热情，大大出乎马鞍山黄河漂流队的意料。

7月9日的《兰州晚报》就发出了预告消息："安徽黄漂队今日抵兰。"消息一出，下午3点20分，兰州市中心的黄河中山桥上已挤满了前来欢迎的市民，当淡红色的椭圆形橡皮筏在中山桥西端的黄河波涛中出现时，等

马鞍山黄漂队到达兰州，受到市民的热烈欢迎

候在滨河两岸边和中山桥人行道上举目眺望的数千观众，个个抑制不住自己激动的感情，异口同声高呼："来了，来了。"两岸响起热烈掌声，人们把手中的鲜花抛向河心的漂流队员，欢迎的场面十分动人。连在场的几位外国友人也连声高叫："OK！OK！"此时，马鞍山黄漂队已在黄河上游历时3个多月，漂行了2000多公里了。

当漂流队抵达附近的兰州水文站小码头附近靠岸时，摄影记者和摄影爱好者们纷纷围了上去，不停地抓拍黄漂勇士的英姿，文字记者则上前对马鞍山黄漂队员进行采访。一个兰州小伙儿挤上前去，拉住张大波的手，诚恳地说："饿了吧，走，我请你们去吃兰州的牛大碗（即牛肉面）！"面对此情此景，马鞍山黄漂队的小伙子也热泪盈眶，感慨地说："兰州的朋友真是太热情了。"

第二天《甘肃日报》《甘肃工人报》《兰州晚报》和《青年晚报》等媒体纷纷报道了马鞍山黄漂队第一个抵达兰州的消息，其中《兰州晚报》在头版刊发了"安徽黄漂队抵兰记"的通讯稿，并配上"壮志未酬誓不休"的醒目标题和图片。文中报道：

马鞍山黄漂队5名队员于当日上午从六盘峡出发，这些击波劈浪穿峡闯关，皮肤被烈日和风雨涂染得黝黑的勇士，尽情倾诉自己的豪情壮志和战胜艰难险阻后的欢乐。24岁的队长张大波说：我们从黄河源头到兰州，沿途6次翻船落入水中，两人不幸遇难，在这生死面前，队员高呼"黄河万岁、理解万岁、坚持到底，冲过险关"！王越明自豪地说："黄河是中华民族的摇篮，了解黄河两岸的风土人情是我们热血青年的心愿，黄河漂流是前人未干过的壮丽的事业，我们一定要走在外国人的前头。"王来安和毛世卫说："过去，我们听说大西北荒凉、但事实不是这样，兰州高楼林立，绿树掩映，是个很美的城市，我们黄河漂流队员要宣传给安徽和全国人民，哪怕我们剩下最后一个人，也要漂完黄河全程，报答大西北人民对我们的关怀鼓励，报答牺牲的队友。"

马鞍山黄漂队在兰州黄河大桥下靠岸

　　兰州古称"金城"，据《汉书·地理志》记载，代表性的解释有三：一说因当初筑城时挖出过金子，所以叫金城；一说是依据"金城汤池"的典故取其坚固之意，故谓金城；另一说在水、木、金、火、土五行里面，金代表西方，而这座城正好位于京都长安以西，故名金城。但在黄漂队员来说，兰州朋友都有颗金子一般的心，纯真而美好。

　　在热心朋友的带领下，大家首先来到位于黄河南岸边的黄河母亲雕塑景区，"黄河母亲"整体造型是一位神态娴雅的母亲侧卧黄河岸边，看护着怀抱中游泳的幼儿的情景。作品以母亲的博大、坦荡、慈爱、端庄为主题，象征着黄河作为中华民族孕育者的母亲形象，也象征着中华民族源远流长、气度大方、不断创造文明的时代精神。雕塑由甘肃著名的雕塑家何鄂女士创作，整个雕像长 6 米，高 2.6 米，宽 2.2 米，总重 40 余吨，成为兰州的标志性雕塑，也代表着兰州形象。马鞍山黄漂队员们站立在雕塑前，心潮澎湃，感慨万千。黄河——中华民族的母亲，在你的哺育下，中华民族生生

部分队员在兰州"黄河母亲"雕塑前合影。左起毛世卫、王来安、王越明、汤立学、张大波

不息、不屈不挠、茁壮成长，如今，马鞍山黄河漂流队终于来到你的身边，以无所畏惧的探索精神，经风雨、见世面，为能在母亲河上漂流而感到自豪。队员们展开马鞍山黄河漂流探险队队旗，在"黄河母亲"雕塑下，拍下了合影，成为难以忘却的纪念。

接着，队员们又游览了兰州市，在市政府大门前留下合影。在政府招待所接待室里，兰州团市委组织团员青年与马鞍山黄漂队员们开展了联欢活动。姑娘们穿上黄漂队员们藏青色的漂流队服，带着漂流队员标志性的遮阳帽，纷纷聚在一起合影留念。当队员们介绍从黄河源头开漂以来一路上穿峡闯关，征服重重险阻的情景，特别是在讲到勇闯龙羊峡险滩中两名队员不幸罹难过程时，大家都禁不住潸然泪下。看到马鞍山黄漂队这些南方的小伙子们在经历大风大浪的生死考验后，还是那么乐观坚强，仍然那么英俊倜傥，在兰州姑娘的心中不仅充满了崇敬，更增添了几分爱慕。

当得知马鞍山黄漂队到达兰州后，队员王越明的两个哥哥也赶到了兰

队员在兰州市政府大门前合影。左起张大波、毛世卫、王来安、王越明、黄毅

兰州政府招待所。左起王来安、王越明、张大波、兰州青联工作人员 2 位、毛世卫、黄毅

州，他们看到报道马鞍山黄漂队在龙羊峡出事后，感到黄河凶险，为弟弟的漂流安全担忧，此行目的就是要铁心劝阻弟弟继续漂流的，但借口是让王越明回去相亲。可是王越明漂流意志坚定，哪里肯回去，坚决要漂完黄河全程。而两个哥哥看到马鞍山黄漂队在兰州那么受欢迎，心也软了，可打电话回去跟老母亲一说，电话那头就是想念儿子的哭声。实在无法，王越明心想那就先回去应付一下吧。可他想得过于简单了，一返回马鞍山，就被老母亲寸步不离地看守住，只得遥望黄河、告别队友、泪洒钢城。至此，在黄河上漂流的马鞍山黄漂队员已减员为 7 人了。

在兰州逗留一个星期后，7 月 15 日，马鞍山黄漂队从黄河水利委员会兰州水文站附近闸口放船下水，吸引了上百名兰州市民来到河边，为马鞍山黄漂队送行。这次马鞍山黄漂队使用的是王殿明提供的多功能密封筏，队员们与热心市民在一起，在双层气舱四周用牢固的尼龙绳绑扎了 12 个充气汽车轮胎，因为前面 30 多公里处就是岩石林立的桑园峡，以及靖远红山峡，甘肃、宁夏交接的黑山峡等险关，再不能掉以轻心。

上午 10 时左右，在众多关注的目光中，马鞍山黄漂队员张大波、王来安、黄毅、毛世卫、夏忠明、汤立学 6 人穿上橙红色救生衣，依次进入密封筏内，当船离岸后，队长张大波将头探出舱外，一个劲地挥手，向岸上送行的群众告别。

黄河出兰州后，流经宁夏、内蒙古、陕西等地，先沿着贺兰山向北，再由于阴山阻挡向东，后沿着吕梁山向南，形成"几"字形河道，故称"河套"。"几"字形中间是黄河中上游的平原、高原地区，因农业灌溉发达，又称河套灌。河套地区不仅历代均以水草丰美著称，更孕育了黄河文明，故有民谚"黄河百害，唯富一套"之说。同时黄河在这里穿过黄土高原时，汹涌的河水冲刷带走大量泥沙，上游下来的清澈河水挟裹泥沙后开始变得混浊发黄，因而有了"黄河"这一称谓。

尽管进入河套平原，但在黄河河道上，依然峡谷众多、沟壑深深、地势险要、险滩无数。马鞍山黄漂队的橡皮筏在奔腾河水推动下快速下行，不一会儿就卷进了第一道险峡桑园峡。因已了解了峡内的"煮人锅""大小照壁""月亮石"等险礁、险碛（沙堆）和旋涡的状况，队员们沉着地控制筏体，在激流中左突右冲，避开一个个险碛、礁岩和旋涡，顺利冲出峡口。在 5 个昼夜的漂行中，连闯靖远红山峡中的"洋人摆手"河中巨石，甘肃、宁夏交界的黑山峡中"老两口""三兄弟"等峡谷河道中林立的巨石，"五雷旋""九里旋"等大旋涡，7 月 21 日进入了青铜峡水库区。

青铜峡是黄河上游的最后一道峡谷，位于宁夏回族自治区青铜峡市大坝镇，峡口两山犬牙交错，山壁相距仅几十公尺，恰如龙门锁蛟。青铜峡黄河大峡谷长 10 多公里，宽 50～100 米，两侧的崖壁高 30 米以上，具有典型粗犷雄浑的北方黄河特色。由于这里建设了水电站，抬高了水位，在有惊无险地穿过峡谷后，马鞍山黄漂队进入了青铜峡水库区。这时，队员们已不那么紧张了，大家放松心情，尽兴地享受湖光山色美景。

青铜峡水库于 20 世纪 50 年代开始兴建，竣工于 1978 年，是一座以灌溉、发电为主，兼顾防洪、防凌等多种效益的综合性水利枢纽工程。拦河大坝长 697 米，高 42.7 米，上游为狭长形的库区，形成一片开阔的高峡平湖，湖内水光山色秀丽宜人。5 万亩滩地绿草如茵，湖中有一小岛，岛上林木参天，密林深处，蒲苇丛生，飞鸟起落，成为多种鸟类的栖息、繁衍地，被人称为"黄河鸟岛"。队员们划着橡皮筏绕行鸟岛一圈，觉得时间不早了，在拦河大坝下登岸。

青铜峡一带以众多景点闻名遐迩。水库区以南的牛首山，以众多的寺庙群而著称，这些寺庙或卧处于幽谷之中，或耸立于断崖之上，寺院古色古香，佛像千姿百态。附近还有禹王庙、元昊遗宫、西夏陵遗地等历史遗迹。沿岸还有金沙湾、鸣沙塔、唐石空寺石窟群、中卫高庙古建筑群等。而在青铜峡市西北，就是著名的腾格里大沙漠。

青铜峡谷黄河西岸有处著名的 108 塔，为元代初年所建，背山面水，坐西朝东，塔群自上而下，呈奇数分 12 行排列，第一行层为一座，第十二行为 19 座，构成一个等腰三角形，设计独具匠心，蔚为壮观。队员们在此没做过多停留，又马不停蹄地向银川市进发。

7 月 26 日下午抵达银川市的黄河段。登岸后，队员们乘车来到市区，

队员在宁夏银川市钟鼓楼前合影。左起王越明、黄毅、王来安

在位于市中心的"玉皇阁"城楼前，队员们集体拍照留影，逛了附近的集贸市场，在逗留一夜后，又匆匆启程。

7月29日晚8点50分，到达宁夏与内蒙古交界处的石嘴山黄河渡口，得到石嘴山航政监理所的热情接待，并为其出具了马鞍山黄漂队到达宁夏石嘴山黄河渡口的证明笺。队员们在这里休整了一天半后，于7月31日上午10时，继续下漂，途经位于内蒙古临河市磴口县的黄河水利委员会巴彦高勒水文站后，8月5日到达内蒙古包头市附近的黄河水利委昭君坟水文站。水文站工作人员接待了马鞍山黄漂队一行，并提供了当年水文站黄河流量资料，其中表明，在1987年1月至7月，当地最小流量64.5立方米/秒，最高流量800立方米/秒，平均流量保持在90立方米/秒，总径流量为71.4亿立方米。

当马鞍山黄河漂流队风尘仆仆漂过黄河"几"字形转弯处，到达内蒙古的托克托县，这里就是黄河上游与中游的分界线了。由于吕梁山所阻，

张大波和黄毅在内蒙古包头市昭君坟黄河水文站河段上

河道由东转南，在山西省与陕西省之间的黄土高原上，劈出726千米长的大峡谷，形成了黄河第一长峡晋陕峡谷。

　　进入晋陕峡谷后，横亘在马鞍山黄漂队面前的第一道难关就是凶险无比的天桥峡。我国古代水文地理学家郦道元所著的《水经注》一书，讲到黄河流经山西、陕西之间时，曾对一段峡谷有这样的描述："其山岩层岫衍，涧曲崖深，巨石崇竦，壁立千仞，河流激荡，涛涌波襄，雷济（一作奔）电泄，震天动地。"这段话的意思是说，这一段峡谷中岩石犬牙交错，谷涧深而曲折，很多的巨石坐立在河谷，望上去，像有千万丈之高。河水经过这里，由于峡谷的陡峭高深，加上谷底巨石的隔挡，顿时涌起数丈高浪，其声音像电闪雷鸣，响彻天地。书中所描述的就是天桥峡。

　　天桥峡位于河曲、保德两县的交界之处，峡谷全长20公里，两岸峰峦延绵，峡底急流翻滚，浊浪排空，涛声震响山谷，自古以来，这里多次发生船无完片、人葬河底惨祸，被称为"鬼门关"。8月10日，当马鞍山黄漂队到达天桥峡后，对这道关怎么闯，产生了严重分歧。有人提出："绕开天桥峡吧，已经过了那么多险峡，少漂一个也无妨。"但队长张大波坚持要闯，他说服大家："黄河上游那么多关口都闯过来了，难道还畏惧这个天桥峡吗？已经有人说了，马鞍山黄漂队，就像个游击队，来无影去无踪，我们要以勇闯天桥峡证明马鞍山黄漂队还不是孬种。在闯龙羊峡时，我没赶上，这次我来带队上。"一席话掷地有声，大家也没说的了。

在4个多月的黄河漂流、经历无数险情后，马鞍山黄漂队也已经积蓄了一些闯关夺隘的经验教训，采用牢固的双层密封筏来闯这个"鬼门关"，为了安全起见，决定筏子只上两名队员。在黄河岸边搭起野营帐篷露宿一夜后，8月13日上午，张大波和队员们把筏上外围的防护轮胎仔细检查一遍，把绳索绑紧加固，并在筏底部挂钩上吊上两只沉重的汽车轮胎，以保证在漂流中的重心稳定性，使筏子不易被大浪掀翻。由于张大波和王来安漂流里程较长，积累了一定的处置危险情况的经验，相互之间默契度较高，因而由两人一同登船闯关。

当队员们拽着绳索小心翼翼地将橡皮筏放入水中后，橡皮筏立即如离弦之箭，迅速卷进黄河浪花中，只见密封筏一下冲到峡谷中被称作"雾迷浪"的险滩。险滩中央，耸立几座犬牙交错的岩石，像是一座拱门，急流从拱门中冲过，浪花腾涌，水雾排空，遮天蔽日，但张大波驾驭着橡皮筏没能瞄准拱门穿过去，而是一下撞到岩石上，两个绑在筏子上的充气橡胶轮胎顿时轰然爆裂，发出"砰"的声响，粗大的尼龙绳也被崩断。岸上的队员一阵惊呼，密封筏在浊浪中翻滚，筏内的队员无法控制筏子的漂流方向，只能听天由命了。

虽然落差不是太大，但峡谷内一浪高过一浪，水流溅起浪花，简直难以辨清哪是水流，哪是水雾，接着又一个礁石迎头而来，冲击岩石的水头把橡皮筏高高托起，从露出水面岩石上一个跟头掀了过去，好在这个筏子密封又结实，外层还有一圈轮胎保护，在左突右冲中，经受住岩石的一次次撞击，当被冲到下游回水处打旋时，在下游接应的队员跑着赶过来，把筏子上的绳索抓住了。当张大波从筏子里钻出来时，只见浑身湿漉漉的，身上就是一件红背心和裤头，也不知道衣服什么时候被滚掉的。

两人出筏后，神情呆滞，边上队员赶紧递上香烟压惊，直到一支烟抽完，才放松过来。这时张大喇叭又神气起来了："这有什么险的，我们不是过来了吗？"可是当大家把密封筏拖上岸一看，绑在橡皮筏外圈的轮胎多个破损，筏本体25个气仓中有两个气仓被戳穿，这才使张大波惊出一身冷汗，如再撞上几个岩石，筏体击穿，那肯定没命了。好在为了利用这里丰富的水力资源，在天桥峡上建设了一个水电厂，大坝抬高了水位，舒缓了奔腾的水流，降低了"鬼门关"的凶险和烈度。

闯过峡谷中的天桥峡，8月14日马鞍山黄漂队到达坐落在山西省忻州市保德县义门镇天桥水电站。当水电站职工得知马鞍山黄漂队闯过了天桥峡，都十分惊愕，更感到佩服。为此，天桥水力发电厂为马鞍山黄漂队出具一份证明，写着"马鞍山市黄河漂流队张大波同志一行，于1987年8月14日漂达我厂"并盖上山西省天桥水力发电厂的公章。

8月15日上午，马鞍山黄漂队到达陕西榆林市府谷县，受到各界人士欢迎。当地《榆林报》专门报道了《安徽马鞍山市青年黄河漂流队抵府谷》的消息。在府谷县的盛情挽留下，马鞍山黄漂队员们趁在府谷县休整时间，抓紧对橡皮筏破损处进行了修复。8月16日早7时，又继续从府谷黄河大桥出发，继续下漂。

在闯过天桥峡后，马鞍山黄漂队紧绷的弦并没有放松。还有近600公里路程，就将到达举世闻名的壶口瀑布了，而马鞍山黄漂队能否闯过这道黄河漂流中的最大险关，人们都在拭目以待。

第十七章 英雄挑战壶口天险

就在马鞍山黄漂队离开宁夏银川用敞筏漂往内蒙古包头时，队长张大波安排毛世卫带着密封筏乘火车从银川赶到包头。由于身无分文，在火车上他不吃不喝坐在过道边，座位边一位乘客看到毛世卫穿着马鞍山黄漂队的服装，一动不动地坐在大包裹上，就主动关心地问："一直没见你吃饭，你饿不饿？"

"我身上没钱了。"毛世卫回答说。

"是这样啊，我帮你订份盒饭吧。"交谈中，毛世卫得知这位好心人是包钢的团委书记，此趟出差是为单位到乌梁素海采购西瓜的。车到包头市后，这位团委书记给了毛世卫十几元钱，叫其先找个小旅馆住下，并表示帮助打听马鞍山黄漂队在包头的驻地。

当时正值内蒙古40周年大庆，包头也十分热闹，听说安徽有支队伍在包头市政府参加活动，毛世卫决定赶到包头市政府，当到了庆典会场打听安徽队时，有人指引就在主席台边，可当毛世卫喜颠颠跑到主席台前一看，是有个安徽队，但不是马鞍山黄漂队，而是安徽跳伞队，一阵失望后，再打听马鞍山黄漂队在哪里，却无人知晓。

找不到队伍，又身无分文，毛世卫从包头市政府出来后，漫无目的地走到包头钢铁大道上，由于身着黄漂队服装，引起了一位骑自行车胖小伙儿的注意，这位骑车人主动与毛世卫搭讪起来。交谈中，对方自我介绍名叫张晓惠，是个诗歌爱好者。当得知毛世卫与黄漂队失去联系后，热心地把他带到自己丈母娘家，先烧了一顿可口的饭菜解决了吃饭问题。

晚上张晓惠又将毛世卫带到自己家，家里无床，人都睡在地板上。毛世卫晚上在张晓惠家留宿了一夜。非亲非故，这个张晓惠为何那么热情呢？原来这个张晓惠也是漂流探险爱好者，十分关心黄河漂流的报道，与毛世卫套近乎，就是想圆自己的黄河漂流梦。果然，在双方话语投缘后，张晓惠提出："我也爱好漂流，我能加入安徽马鞍山黄漂队吗？"吸收新队员这事毛世卫做不了主，但在张晓惠帮助下，毛世卫终于找到了马鞍山黄漂队驻地包钢招待所。看到张大波、王来安、黄毅、夏忠明还有王殿明都在，毛世卫就将张晓惠介绍给了大家。

那张晓惠要求参加黄漂队的心情十分迫切，他邀请队员们到他家中做客，在你来我往的几次聚餐后，大家看到张晓惠态度坚决，身体健壮，人也讲义气，经共同研究决定，吸纳张晓惠入队。之后，张晓惠一直跟随马鞍山黄漂队来到壶口瀑布。这是马鞍山黄漂队在漂流黄河中招收的第二名当地队员。

在包头休整期间，队长张大波又安排毛世卫提前出发，到壶口瀑布所在的山西吉县打前站，并给了他50元钱做路费。毛世卫从包头出发后，50元钱很快就花完了，只得沿途找到当地县、乡政府寻求帮助。当地政府得知是安徽马鞍山黄漂队的，不仅免费提供餐饮住宿，而且也乐意接济50元、100元不等的路费，就这样沿途靠当地政府资助，他来到了山西吉县。

当吉县县政府得知马鞍山黄漂队先头队员到达壶口瀑布后，高度重视。由于吉县县城距壶口瀑布有约40千米距离，为了方便接应马鞍山黄漂队，县里将毛世卫安排在壶口瀑布边的"禹王庙"旅游接待点住下。这里的房间都是窑洞，毛世卫还是第一次住窑洞，虽然感到很新鲜，但马鞍山黄漂队迟迟不见踪影，等了一个多星期后，他也发急了，心里在祈祷，马鞍山黄漂队不要再出什么事了。人整天守在瀑布边向北张望等待，那个感觉真是望眼欲穿啊。

而马鞍山黄漂队离开包头市后，也在昼夜兼行，下漂赶路。在穿过晋陕大峡谷中的险滩险峡后，到达峡谷的最后一个险要咽喉石门关，穿过这道关，前面38千米就是黄河壶口了。这里是万里黄河中游最窄之处，受两岸高山挤压，咆哮的黄河在此被压缩成为一束水流，水位抬高，水深达10多米，最大流量时达到每秒5454立方米。马鞍山黄漂队乘着橡皮筏，小心谨慎地用桨控制着方向，顺着中央水流顺势而下。由于落差不大，他们有惊无险。8月20日，马鞍山黄河漂流探险队乘坐的"安徽号"橡皮筏到达了壶口。

自4月4日马鞍山黄漂队从黄河源头开漂以来，历时4个半月中，以顽强的毅力和勇气，克服了难以想象的困难，经历千难万险，闯过了道道险关，经历了多次翻船，损失了4条船，付出了2名队员遇难的代价，漂流了4000余千米，海拔也从4800米下降到400余米。就连后来王殿明提供的多功能橡皮筏上也打上了7块补丁。要挑战黄河上最后一道险关"壶口瀑布"，很多人都捏了一把冷汗。

壶口瀑布位于陕西宜川县壶口乡与山西吉县壶口镇交界处的秦晋大峡谷黄河河床中，是仅次于贵州黄果树瀑布的中国第二大瀑布、世界上最大的黄色瀑布。浩浩汤汤的黄河之水出了晋陕大峡谷后，以每秒1000～3000立方米流量，涌向陡峭的河床，从400余米宽的洪流骤然收束为50余米，这里河水奔腾怒啸，轰鸣声震十里，形如巨壶沸腾，最后从断层石崖飞泻直下，犹如滚滚沸水骤然从一个天然巨壶的壶嘴中喷薄而出，形成了落差近30米的大瀑布。

当瀑布倾泻下来，听之如万马咆哮，视之如巨龙鼓浪，翻江倒海，摄人魂魄。如狮吼，如惊雷，其大音十里可闻，成为奇观。《尚书·禹贡》曰，"盖河旋涡，如一壶然"，壶口瀑布因此而得名。明代诗人所作的"源出昆仑衍大流，玉关九转一壶收。双腾虹浅直冲斗，三鼓鲸鳞敢负舟"，描绘出黄河

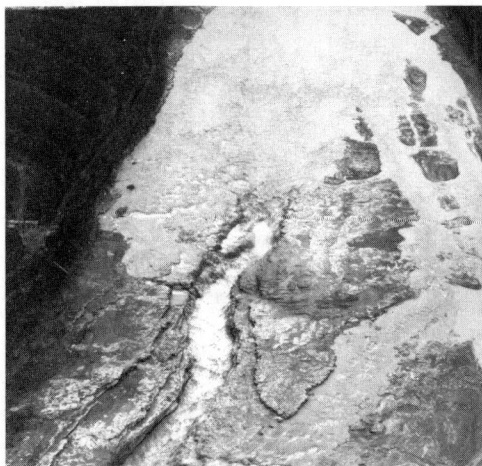

壶口瀑布全景，中间的主瀑布就是壶嘴

壶口瀑布壮观景象。而八九月间的黄河正值汛期，壶口瀑布更是水量大增，浊浪滔天，轰声如雷，水雾腾腾，气势恢宏，是名副其实的黄河天险。有诗曰："银河倒挽泻长川，谁挟风雷聚小潭？浪卧龙槽虹带雨，雪飞鲸窟雾生烟。北来滚滚分秦晋，东去滔滔入海天。"

　　马鞍山黄漂队抵达壶口后，住进了黄河东岸的山西省吉县政府招待所。吉县县委、县政府对安徽马鞍山市黄漂队的首先到来，举行了欢迎仪式，并破例在壶口瀑布旅游点"禹王庙"的窑洞外广场旗杆上升起了马鞍山黄河漂流探险考察队队旗。在近半个月的闯关准备时间里，队员们每天都要到壶口瀑布前勘察水势、测量水流，研究制定漂流方案。

　　为马鞍山黄漂队提供漂流器材和技术指导的王殿明，于8月22日专门写信给安徽省相关部门领导，希望安徽省能加强对马鞍山黄河漂流队的领导和管理。

马鞍山黄漂队壶口瀑布边驻地，北京队9月2日也到达壶口，远处是北京队的两辆中型北京吉普

　　信中说，自我省马鞍山的一批青年于今年3月首漂黄河后，先后有北京、河南、浙江、天津、甘肃、青海等省市组队前往黄河上漂流，但我省马鞍山黄河漂流队一直冲在最前面，我接触马鞍山黄河漂流队是在今年6月13日，当时我正在黄河上游考察，恰逢马鞍山黄河漂流队在冲击龙羊峡，有两名队员遇险，我参与了对遇险人员的抢救工作，现在他们越过了甘肃、宁夏、内蒙古到达了山西吉县，现仅剩下壶口最后一道难关，即可胜利到达渤海湾。由于黄河上几支漂流队先后发生事故，国务院办公厅7月发出了关于加强江河漂流活动的通知，根据通知精神，北京、河南等地有关部门采取了措施，加强了对漂流活动的领导和管理，我省马鞍山市政府也做了很多劝返工作。但目前形势难以扭转，主要表现在：1.马鞍山黄漂队漂流在前，通知在后；2.黄河漂流是前人未做过的事业，竞争十分激烈，而马鞍山黄漂队又是黄河第一漂，一直领先，已漂完黄河大部分路程，在经过的省市区中造成很大的影响；3.壶口瀑布是黄河上举世闻名的奇迹，

山西吉县领导为马鞍山黄漂队冲击壶口瀑布壮行前合影

黄漂队即将闯险的消息在国内外引起极大的轰动，目前已有百余名中外记者云集壶口，准备采访创造奇迹的人们。

信中也强调指明，现在看来，任何困难都不能阻止这些将生死置之度外而又激情在胸的年轻人。如继续强制劝返，只能激起他们不顾安全措施强行闯险，如出现意外，在这中外记者云集的地方，将会对我省形象产生不良的影响和工作上的被动。

为此，王殿明提出建议：1.我省有关部门按照中央办公厅通知精神，立即派人过来加强对马鞍山黄漂队的领导和管理，这既体现党对青年的关心和帮助，也可防止不利因素的发生，更可扩大我省对外的影响；2.要变被动为主动，这两年长江和黄河漂流对我国我省青年思想上的冲击是巨大的，这并不是十几个人的事，我们要抓住主动，因势利导做好宣传工作，这将有利于推动青年工作的开展；3.积极协助马鞍山黄漂队做好冲击壶口的各种准备，力求做到安全闯关、万无一失。

王殿明在壶口瀑布指导闯关。左为《中国青年报》记者郑鸣，右为张晓惠

尽管王殿明在安徽省有着一定的影响力，也有较强的活动能力和广泛的人际关系，但信发出去后还是杳无音讯。与此同时，马鞍山黄漂队冲击壶口瀑布的各项准备工作也在不等不靠、有条不紊地进行中。

在测试黄河壶口瀑布水流冲击力试验中，队员们投放下一个大型橡胶内胎后，在落差达到27米、水冲击力达到每平方厘米20余吨的瀑布中，轮胎冲下去后撞上岩壁顿时爆开，又被激流冲得不见踪影。这让岸边的人们看得心惊肉跳。而据当地相传，早在1966年时，一名苏联潜水员曾在壶口瀑布上面架起一条铁链，试图吊在铁链上对瀑布进行考察，结果铁链被狂流冲断，人也落水身亡。看到马鞍山黄漂队要跃跃欲试闯壶口瀑布，当地人都摇着头说："这不可能，自古以来还没有人能从瀑布里生还过。"

但铁了心的马鞍山黄漂队小伙子们面对此情此景毫不畏惧，把慷慨赴死当作一种荣耀。在决定首冲壶口瀑布队员人选时，大家纷纷报名，并写下遗书，大有把生死置之度外的豪情壮志。作为队长的张大波首先表示："我是队长我带头，这个难关我来闯，大不了一死，二十年后又是一条好汉。"

队员王来安不服气了："要是怕死谁还来黄河冒险啊。我们已经损失汤立波队长了，你要是再死了，这个队伍谁来带？我无牵无挂，让我来闯吧，我死了，以后大家在我坟前烧一炷香，我就满足了。"话音底气十足。尽管在黄漂一路上，两人抬杠最多，但越抬杠两人感情越好，也越了解对方。

由于马鞍山市一直没有派人过来对马鞍山黄漂队壶口闯关进行领导和管理，并还一直在进行马鞍山黄漂队员的强制劝返工作，于是作为属地管理的山西省吉县县委、县政府果断地担起组织领导的重任，一直关注马鞍山黄漂队动向的《中国青年报》记者郑鸣也来到了壶口瀑布进行协助。通过分析马鞍山黄漂队员们的身体素质和精神状态，大家一致倾向于让队员王来安首先闯关。理由是，王来安参加了从黄河源头下来的全程漂流，积累了比较丰富的漂流和自救经验，加之他现在身体状况佳、精神好、信心足，是比较理想的闯关人选。而没让队长张大波上，主要是考虑到闯壶口瀑布危险性极高，如果真出了事，马鞍山黄漂队将群龙无首，严重挫伤士气，完成黄河全程漂流壮举就有可能告吹。

看到队员们激昂高涨的情绪，吉县县政府送来一面鼓励的锦旗，而队员们以锦旗为帛，每人在上面签上自己的名字和下水排序，如果王来安闯关失利，第一接替人、第二接替人……继续闯关。要说不害怕那是假的，锦旗上的队员签名笔迹都歪歪扭扭，那是因为每个签名的人手都在抖。

在壶口闯关人选定下来后，由张大波负责整个后勤保障工作，并带领队员做好放漂和下游接应等具体技术工作。漂流工具则采用王殿明提供的"安徽号"多功能橡皮筏。这个橡皮筏有 24 个分隔式气仓，净重达到 80 多公斤，在漂流长江时，王殿明正是靠着这个多功能密封筏，闯过了凶险的虎跳峡。在参考当地短期的天气预报后，大家决定将冲击壶口瀑布的日期定为 9 月 3 日。

人员、任务、时间明确后，壶口闯关也进入了倒计时。当地政府帮助马鞍山黄漂队解决所需的大量轮胎，请来当地专业绑扎羊皮筏的高手与黄漂队员们一起，用绳索把几十个充足气的汽车内胎牢牢绑扎在橡皮筏的外面，以增强橡皮筏抗撞击能力。而特地从安徽合肥赶来的王殿明也参与指导着如何绑扎轮胎，如何打水手结等。经过几天的紧张工作，橡皮筏全身上下被绑上了几层轮胎，整个筏体超过一人多高，远远看去就像一个硕大的橡皮球。

9 月 3 日，风和气爽，温度适中，层层白云中偶尔露出湛蓝色的天空，黄河壶口上空迎来难得的好天气。上午，全副装备的橡皮筏被运到了壶口瀑布上游约 100 米处的河沿，吉县县领导主动上阵，与当地十几个壮小伙、武警战士以及马鞍山黄漂队员们一起，抬着橡皮筏逐级而下，将其放入河岸水边。来自晋陕两岸的群众达到上千人，争相目睹这一前无古人的惊险场景。

中午时分，山西省吉县黄县长，市、县旅游局局长也来到壶口瀑布现场，为队员送行。而县旅游局女工作人员们则亲手为安徽马鞍山黄漂队员们包着饺子，想到闯壶口瀑布凶吉未卜，禁不住流下泪来。在下好饺子后，黄县长给马鞍山黄漂队员每个人盛上一大碗，为勇士壮行，预祝闯关成功。而担任现场闯关总指挥的就是《中国青年报》27 岁的记者郑鸣，此刻他的心情也兴奋激动、紧张和纠结，本来就白的脸变得更加煞白。

　　9月3日下午5时50分，王来安身着安徽马鞍山黄河漂流队红色队服，胸前穿戴着橙黄色救生衣，怀抱着一个氧气袋，与吉县青年和马鞍山黄漂队员张大波、黄毅、毛世卫、夏忠明、汤立学和张晓惠等集体合影后，镇静地攀上密封筏顶部，下到船舱，由队长张大波帮助封上了舱口。

　　在现场总指挥、《中国青年报》记者郑鸣一声"放船"的口令下，穿着红色背心黄色短裤的队长张大波跳下水，在壶口瀑布上游100米处，与队员和当地群众一起，把橡皮筏推入水中。多功能橡皮筏从山西吉县一侧进入黄河壶口瀑布上游河道，两岸的群众都屏住了气息，紧张地观看。开始密封筏总是沿着岸边打转转，进不到激流中去，这时岸上队员毛世卫找来一根长竹竿递给张大波，张大波操着竹竿把筏子用力一撑，橡皮筏借着惯性卷入河道激流后，登时如离弦之箭，在湍急水流簇拥下，迅速向大瀑布跌水处直冲而去。

　　17时52分30秒，王来安乘坐的"安徽号"密封筏，在巨浪推动下来到主瀑布壶嘴，顺着瀑布正中间飞落直下，在被瀑布水流高高托起翻滚了

冲击壶口瀑布前队员们与吉县青年合影。左起依次为王来安、张晓惠（在内蒙古加入）、张大波、毛世卫、夏忠明、汤立学、黄毅

壶口镇当地群众与马鞍山黄漂队共同将一人多高的橡皮筏推入河中

好几圈后，瞬间就被瀑布下翻腾的旋涡吞没，仿佛跌下了无底深渊。1秒、2秒……整整1分47秒，橡皮筏还不见踪影。正当两岸观看的上千群众发出"船没了，船没了"的惊呼时，"安徽号"从瀑布下游约300米云雾缭绕的水中猛地蹿出水面，岸上的群众又是一片尖叫声。

在橡皮筏跌落瀑布一刹那，舱内的王来安就感到自己仿佛掉入了洗衣机的滚筒中，随着筏子翻转滚动，也分不清天南地北；在重重的撞击和物理加速度下，好像五脏六腑都震飞出了体外；当橡皮筏卷入水底后，他感到橡皮筏如同大秤砣般急速下坠，人也仿佛感觉失重了，水流如同喷泉从橡皮筏缝隙处灌了进来，开始是白的，后来就变成黄黑色，舱内水一下漫了上来，求生的本能使他拼命抓住固定在筏内的尼龙绳索，就像抓着救命稻草，把头高高昂起，口中紧紧咬着氧气管，随时应对水漫头顶、人没入水中的险情。也不知过了多长时间，他感到筏子突然向上一蹿，整个人顿时感到轻了很多，他的潜意识感到是船出了水面了，此时他也不知怎么回事就昏了过去，其身上救生衣、队服、裤子、球鞋、袜子都被水流搅得光光。

王来安在冲击壶口瀑布前接受记者采访

《中国青年报》1987年9月8日刊登记
者郑鸣拍摄的马鞍山黄漂队员勇闯壶口瀑
布的新闻图片

橡皮筏在冲到瀑布下游约 300 米处逐渐放缓了速度，只穿着短裤奔到下游接应的张大波顾不上危险，一下就跳入瀑布水槽中，用竹篙将在水中打圈圈的密封筏钩住，拖到岸边，并大喊"王来安、王来安"，没有声音，张大波不禁心中一紧，赶紧攀上密封筏，用匕首划开密封筏的舱门，只见王来安脸色铁青地躺在灌满了水的筏舱里，处于半昏迷状态。"王来安，你没事吧？"过了好一会儿，王来安才传出"没事、没事"的微弱声音。这时张大波半个身探入舱内，一把抓住王来安伸出的手，使劲把全身湿透、力气全无的王来安从舱里拉了出来。岸上的队员们看到王来安出舱了，大喜过望，向壶口瀑布两岸上观看的群众高喊："王来安还活着！王来安还活着！我们成功了！"在队员们的搀扶下，王来安坐在岸边一块石头上大口喘着气，好一会儿，王来安神志恢复了过来，站起来向两岸观看的群众挥手致意，高喊着："我相信我能成功！"见证了王来安勇闯壶口瀑布生还，两岸又一次响起一片经久不息的欢呼声。

1987 年 9 月 3 日 18 时整，我国最为险恶的瀑布——黄河壶口瀑布，被安徽省马鞍山市黄河漂流队队员王来安首次征服，创造了中国探险史上的奇迹。

王来安勇闯壶口瀑布的壮举被河两岸记者用相机拍摄了下来，各大媒体和新华社记者在第一时间纷纷发出了"安徽马鞍山黄河漂流队王来安冲击壶口瀑布成功"的消息。其中，郑鸣拍摄的橡皮筏从壶口瀑布飞流直下的大幅照片在 9 月 8 日的《中国青年报》头版显要位置刊登，在当月出版的山西青年杂志封面连封底，也刊发了一组安徽马鞍山黄漂队勇闯壶口瀑布的壮观照片，图片说明激情地写道："成功了，人们欢呼雀跃，王来安成为此项探险壮举的千古第一人。"

在黄河上的三支漂流探险队中，安徽马鞍山黄漂队是最被忽视的"娃娃"队伍，但这是一支虽贫困潦倒但又充满自信的队伍。而装备精良的河南、北京两支黄漂队怎么也没想到，在这场黄河漂流的特殊竞赛中，"首漂壶口"的风头竟然又被安徽马鞍山黄漂队的"娃娃兵"抢了上风。

9 月 7 日，北京黄漂队大部队赶到了黄河壶口。夺不了首漂，北京队

橡皮筏从壶口主瀑布上冲下瞬间

壶口瀑布闯关成功后，王来安与毛世卫、张大波向两岸群众挥手致意

冲击壶口瀑布前合影。左一为北京队随队记者吴弘，左二为北京队杨民，左三为马鞍山队队长张大波，左四为中央电视台记者马挥，左五为马鞍山队黄毅，左六为北京队队员丁凯，左七至左九为马鞍山队夏忠明、毛世卫、汤立学，左十为《解放军报》记者周涛，右三为马鞍山队张晓惠，右二为北京队秦大安，右一为马鞍山队王来安

别出心裁，要实现"女子第一漂"，并定下由一名女队员壶口闯险。为了慎重起见，他们决定先用一个新的密封筏空船试漂，结果浮力 8 吨、直径 2.5 米的球型密封船，整整被砸进水里 7 分 04 秒才弹出水面，用当时队员的话说，死三次都够了。看到这一试验结果，北京队又改变了主意，临漂换阵，改由年轻的男队员张晓军上船。1987 年 9 月 8 日下午 2 点，北京队张晓军开始冲击壶口天险，也取得成功。但遗憾的是，北京队没有实现"女子第一漂"。

当河南队赶到壶口瀑布时，马鞍山、北京两支黄漂队已先后闯关成功。为此，河南队又标新立异，决定用敞船冲击壶口瀑布。1987 年 9 月 11 日中午 12 点，河南队队员李朝革和朱磊开始用敞船冲击壶口瀑布。当橡皮筏冲下壶口瀑布侧边的石槽时，橡皮船一下就被"水帘"拍打入水底，顿时翻船，但两人早有思想准备，死抓住船绳往下猛冲，灵活地躲避石背、石

《山西青年》杂志 1987 年 11 期彩页

角，就在橡皮筏冲出水面时，队员李朝革在众目睽睽之下，猛地攀上高速漂流倒扣的船底，双手一撑，来了个倒立造型。看到此情此景，两岸观众为河南队勇猛劲头大声喝彩。河南队就这样不同凡响地闯过了壶口，创造出了"敞船第一漂"。

三支黄河漂流队勇闯壶口瀑布成功，把 1987 黄河漂流热推向高潮，引起世人高度关注和惊叹。

在王来安勇闯壶口瀑布成功后第二天，马鞍山黄漂队员黄毅、毛世卫先期就驾舟继续向下游出发了。9 月 12 日，在王来安身体有所恢复后，马鞍山黄漂队其他队员也要离开吉县了，为此，吉县政府专门办了一桌酒宴，为马鞍山黄漂队饯行。正在壶口瀑布采访的《中国青年报》记者郑鸣，给马鞍山黄漂队 500 元钱资助，还提供了当时算是稀缺的两卷柯达彩色胶卷。

而在经历了无数天险、闯过道道难关后，黄河漂流上建立起来的生死弟兄的感情，已经把三支黄漂队队员的心紧紧地连到了一起。

第十八章　黄河东进畅想曲

"你问我要去向何方，我指着大海的方向。"崔健的一首《新长征路上》的摇滚，也唱出了当时马鞍山黄漂队员们的心声。

黄河进入晋陕大峡谷，跳下壶口瀑布，奔腾 80 余公里后，就是黄河峡谷出口处——龙门。此处黄河在两面大山夹击下，河宽不足 40 米，河水在这里破"门"而出，黄涛滚滚，一泻千里。人们所说的"鲤鱼跳龙门"的典故就出在这里。

由于黄土丘壑泥沙俱下，晋陕大峡谷河段的来沙量竟占全黄河的 56%，尽管它的流域面积仅及黄河的 15%。可以说真正的"黄"河是在这里成就的，深涧腾蛟，浊浪排空，黄河峡谷的典型风貌尽集于此，其中又以禹门口以上的龙门峡最为壮观。李白诗中"黄河西来决昆仑，咆哮万里触龙门"，恰好点出晋陕大峡谷在此达到最后的高潮。

龙门相传为大禹治水时所劈开，黄河流经此地后，破山峦而径出，泻千里而东流。据《名山记》载，黄河到此，直下千仞，水浪起伏，如山如沸。两岸悬崖断壁，唯"神龙"可越，故名"龙门"。从壶口至龙门这段峡谷，波浪壮观，在这里流传着美妙的神话传说，最有名的是家喻户晓的"鲤鱼跳龙门"的故事。每年三月冰化雪消之时，有黄鲤自百川清海游集龙门之下，竞相跳跃，一年之中，能跃上龙门者只有 72 尾。一登龙门，云雨随之，天火烧其尾。登不上者，点额曝腮。《三秦记》载，"大鱼集龙门数千，不得上，上者为龙，下者为鱼"。千百年来，文人学士皆以"一登龙门，身价十倍"而荣耀。

历经千难万险的马鞍山黄漂队进入龙门后,只见此处两山壁立,状尽斧凿,河出其中,宽约百步。尽管激流汹涌,河水翻腾着2米高的浪花,但已是两岸高山遮不住,"轻舟已过万重山"了。随着漂流凶险度降低,队员们心情也变得放松,毛世卫边划着船边感叹:"我在小学时就学过《小鲤鱼跳龙门》课文,现在我们跳不上龙门,还在下龙门,只能为鱼(愚)了。"

张大波马上就接上一句,挖苦地说:"谁叫你不好好读书,只能是当炼焦工人的料,还想靠黄河漂流来出人头地啊!"

"我是不好好读书,你也好不到、好不到哪里去,你、你怎么不去当厂长、书记,跑这里来漂流冒、冒什么险!"毛世卫一急,说话就结巴起来。马钢青工讲话都带着马钢味。

王来安一听两人争执就烦:"好了,好了,没读万卷书,但行万里路,读黄河漂流这本大书,不是也有收获吗!"

黄河跃出龙门,河床陡然变宽,眼前豁然开朗,河水也仿佛温顺了许多,宽达10公里的河面上烟波浩渺,开阔壮观,两岸一边是陕西黄土高坡,一边是山西人烟稠密的富庶之地,队员们难得看到这如同"三十年河东,三十年河西"的景观,都感到心旷神怡。由于河水流速变缓,队员们靠划桨加快速度,一天划下来,真是腰酸背痛。

这毛世卫又发牢骚了:"这样划下去太费劲了,还真不如在上游给浪冲得一泻千里来得痛快。"

"你这是好了伤疤忘了疼,别忘了你在上游看到大浪就发抖的熊样子。"黄毅在边上补了一句。由于毛世卫在黄河漂流时曾经出现过恐水症状态,自感心虚,再不吱声了。

马鞍山黄漂队是歇人不歇桨,轮番划行,昼夜漂行在黄河上。黄河在陕西潼关转了个90度大弯后,进入黄河中游最后一个峡谷——豫西峡谷。峡谷总长度只有30余公里,像一条由西向东延展的飘带,河面宽度30米到50米,水深度50米到200米,时值夏季,漂行其中,眺望两岸山峰如黛,石峰形态各异,峰峰相连,山中瀑布银练飞泻,如白练悬空,姣美绝伦,崖壁上植被丰茂,灌木丛生,幽谷叠翠,宛如一幅山水画卷。而狭长深邃的峡谷内，潭多水急，河水冲入潭中飞珠溅玉，雾气腾腾，声响如雷，气势磅礴。

　　闯过大浪大险的黄漂队员们，穿行峡中，十分放松，而此时，危险已潜伏在了队员身边。就在队员王来安观赏两岸景色还不停地哼着小曲时，橡皮筏漂至一个黄河抽水站附近，抽水引发的强劲水流，一下就把橡皮筏吸进了旋涡中，船身猛地倾斜，把坐在船帮上毫无防备的王来安一下就掀进水中，此时身边的张大波反应神速，一把抓住落入水中的王来安的衣服，此时不仅船身在打转，而且倾斜达到约45度，水急速地涌进船舱，张大波也顾不上翻船的危险了，他唯一的念头就是，马鞍山黄漂队已经死了两人了，决不能再出什么意外。他死死抓住在水中拼命挣扎的同伴，就在旋涡中的水流抬高之际，张大波使出九牛二虎之力，借势一把将王来安拽了上来，两人一起翻倒在了橡皮筏里。惊魂未定的王来安感激地对张大波说："是

黄河三门峡大坝

你救了我，如果被吸进水泵底，那就真的要喂鱼去了。"张大波喘着粗气说："碰到哪个队员都会这么做，要不怎么说是生死弟兄呢！"

经历了这次意外劫难，黄漂队员们更加小心谨慎，再也不敢掉以轻心了。大家感到，这个黄河上真是随时潜伏着危机啊。

唐代诗人刘禹锡写过一首《浪淘沙》词："九曲黄河万里沙，浪淘风簸自天涯。如今直上银河去，同到牵牛织女家。"形容九曲黄河从遥远的地方蜿蜒奔腾而来，一路裹挟着万里的黄沙。出了峡口，前面就是山西与河南交界的三门峡水库区，其海拔高度已降到不足百米了。三门峡水库是20世纪50年代初苏联援建的黄河水利工程项目，被誉为"万里黄河第一坝"。黄河在上游兰州段时，河水含沙量还只为每立方米3公斤，而到达中游的三门峡水库时，每立方米已达到37公斤，如果是洪水期间，最高含沙量达到每立方米630公斤。就整个黄河来说，在流经黄土高原后，全年带给下游的泥沙量足有16亿吨之多。由于泥沙淤积严重，水库的功能逐渐退化。（国家后来在河南孟津县建设了小浪底水利枢纽工程，其主要功能之一就是排沙。）但这里峡谷险峻、景色秀美，两侧的山体蜿蜒起伏，库区水面碧波荡漾，展现出一派江南水乡的温柔。由于泥沙堆积致使水位变化，库区内形成了大片大片的湿地，每年的11月至次年的2月，由西伯利亚飞来的大批白天鹅在三门峡水库越冬，白天鹅嬉戏于蓝天碧水之间，反而使这里成了旅游胜地。

翻过壮观的三门峡水库拦河大坝，下漂100多公里就到达河南洛阳孟津县地域了，这里就是黄河中下游的分界线，队员们情不自禁地在橡皮筏上跳了起来："我们到达黄河下游了，我们胜利在望了！"（需要说明的是，我国2013年之前出版的人民教育出版社版本初中《地理》课本，把黄河中游和下游的分界线，确定为"旧孟津"，即今洛阳孟津县。但在2013年出版的人民教育出版社八年级上册《地理》教材中，黄河中下游的分界点已被改为孟津下游的河南省郑州市荥阳市广武镇境内桃花峪了。）

进入黄河下游，河面顿时变得宽阔，在水汽氤氲、白雾缭绕的浩瀚河面上划行，不时听到岸边"扑通、扑通"的声音，队员们循声望去，原来是岸边的泥块在水流的冲刷下，大块大块地崩塌，不时溅起一阵阵浪花。水土流失就这样年复一年地淤积着黄河，抬高着河床。这也从一个方面印证了黄河下游无法通航。与长江黄金水道上百舸争流相比，这宽阔的河面见不到一只船舶。

马鞍山黄漂队顺风顺水地抵达了河南洛阳。这里是河南黄漂队的老家，在漂流中遇难的雷建生、郎宝洛就生长在这里，而他们对自己母亲河一往情深的恋眷，更是常人无法比拟和感受的，这也让来自江南长江之畔的马鞍山黄漂队员别有一番感慨在心头。

在巩义市洛河汇入黄河，清澈的洛水流入黄河，划出了一道清浊分明的界限。洛河是一条让人无限遐想的神奇之河，三国时期曹植写下的历千年仍脍炙人口的《洛神赋》，通过梦幻的境界，描写人神之间的真挚爱情，但终因"人神殊道"无从结合而惆怅分离，真使人梦幻着能一睹"洛水之神"的窈窕风采。

漂流，漂流，向东，向东……黄河南岸上的悠悠北邙山逐渐显现。新中国成立以后，毛泽东主席就是登上这个北邙山视察黄河的，并在这里发出了"一定要把黄河的事情办好"的响亮声音。

有漂流经验的人都知道，漂流最怕的是烈日当空，太阳直射下来无处躲避，黄河下游水面宽阔平缓，虽然有时天公作美，天空云层密布，偶尔从云缝中露出几缕阳光，落下几滴雨，但队员们个个身上都被晒得脱了皮。实在架不住了，队员们就在白天烈日当空时靠岸，在芦苇丛中搭起帐篷避暑，埋锅做饭，晚上再开漂。队员洪元锦自告奋勇当起大厨，只见他支起三脚架，吊起钢精锅，给大家下面条并配上西红柿，煮出的面条还淋上麻油，被大伙誉为"洪氏打卤面"。那真是香味扑鼻，足够引起食欲，而队员们也是饥肠辘辘，胃口特好，一扫而空。

天色渐晚，太阳西沉，队员们再次启程，橡皮筏沿着黄河南岸顺流而下，眼前是一派大河奔涌、苍苍茫茫、水天一际，夕阳映照河面，像铺上一层金色的地毯。不禁使人想起李白的著名诗篇《将进酒》："君不见，黄河之水天上来，奔流到海不复回。"当你真正身临黄河之中，才真正感受到大河奔腾的宏大气势和烟波浩渺的博大胸怀，体验到黄河文明的神奇和深邃，真是令人叹为观止。

就在漂流到黄河桃花峪段时，朦胧的河面上有几个黑色如驼峰般的东西在水上漂动，是大鱼吗？不像。就在队员们瞎猜时，船已到了跟前，原来是几个大桥墩。队员们恍然大悟，这就是黄河大铁桥遗址啊。这里原来有一座清光绪三十二年（1906）建成的黄河铁路大桥，1987年国务院批准将这座黄河铁路大桥拆除，但为了纪念，将南端5孔桥体作为历史文物保留下来，如今人们只能从过去流行的"大铁桥"牌香烟壳上还能粗略看到郑州黄河铁路大桥旧时的模样。

黄河桃花峪附近也是有故事的，黄毅在与汤立波于1986年骑自行车考察黄河时，曾经到过郑州黄河沿线。这时他有了谈资：你们知道吗，这里就是历史上的楚河汉界。大家一听就来劲了，听黄毅侃侃而谈。

那个楚河汉界就在这黄河南岸桃花峪的广武山下。公元前205年夏，项羽在彭城（今江苏徐州）大败汉军，刘邦退守荥阳。楚汉两军在此对峙达两年之久。公元前203年，刘邦出兵攻打楚国的成皋，守将曹咎中了刘邦军士多次到城下谩骂的"激将法"，怒而率部出城，遭到汉军突袭而败，曹咎后悔不迭，自知无颜去见项羽，遂自杀而亡。刘邦顺利攻取了成皋，屯兵广武。项羽得知成皋失守后，立即调兵前往救援。为了迫使刘邦投降，项羽把俘虏来的刘邦的父亲拉至广武山（今霸王城）上，隔涧要挟刘邦说："你若不及早投降，我就把你父亲下锅煮死。"刘邦却故作镇静地说："当初咱二人共同反秦，盟誓结为弟兄，我的父亲就是你的父亲。如果你要煮咱们的父亲，别忘了给我一碗肉汤。"项羽听后更加恼怒，决定杀掉刘太公。在项伯的力劝之下，"太公幸存"。在对峙期间，刘邦闭城不出，暗地里派大将韩信率兵抄了楚军的后路，占领了河北、山东一带。项羽因为粮缺兵乏，不得已被迫提出"中分天下，割鸿沟以西为汉，以东为楚"。历史就这样使鸿沟成了"楚河汉界"。现在，鸿沟两边还有当年两军对垒的城址，东边是霸王城，西边是汉王城。也不知黄毅是从哪本书上看来的，但讲得绘声绘色，还是让大家听得入迷。

　　队员们眺望黄河边支流上的广武山，真想划过去仔细看看，但天色已晚，只能在心中留下深深的遗憾了。

　　不知不觉中，马鞍山黄漂队漂流进了郑州市区地界。岸边有一处渔港，灯火阑珊，看看天色漆黑一片，队员们决定上岸。在渔港的水上餐厅里，大家首次品尝到黄河大鲤鱼，在觥筹交错中，疲惫已被欢乐取代。在黄河上游漂流的4个多月中，队员们第一次喝酒喝得那么放松，那么开心，那么欢畅。"醉里挑灯看剑，梦回吹角连营"，八千里路云和月，一股豪气冲霄汉，此时在黄漂队员们的眼中，那哪是飞流直下黄河水，分明就是一泻千里的英雄气啊。

　　9月12日，马鞍山黄漂队漂流到郑州市的花园口，队员们全体上岸，瞻仰了花园口堵口纪念碑。这是个六面型的塔碑，正面碑文由蒋中正亲笔题写"济国安澜"4个书法大字。该碑对研究花园口决口真相有着极高的历史价值、科学价值。

　　面对那段惨痛的历史，马鞍山黄漂队员们心中激起强烈的民族情感。队长张大波带着队员们在碑前高呼："不忘国耻，振兴中华"，"征服黄河巨龙，弘扬民族精神"。声音在黄河上久久回荡。就在"87黄漂"探险活动结束的30年后，我国第一座"黄河漂流探险纪念碑"也建在了这里。

　　为欢迎马鞍山市黄漂队首先漂抵郑州，水利部黄河水利委员会的同志上了一条2.2斤重的黄河大鲤鱼招待大家，对从安徽来的马鞍山黄漂队不畏黄河天险、勇于探索的精神给予鼓励和赞许。而马鞍山黄漂队员们，也谈了一路漂流下来考察的观感：黄河源头地区要加强生态保护，防止放牧过度造成沙化；上中游流域水土流失面积在扩大，要加强绿化和护岸；要及时清理黄河上中游，特别是回水处的大量杂物和漂浮动物尸体淤积的清理打捞，保护水质；等等。并建议，把黄河水利工程建设成景点，并与黄河上中游丰富的历史人文古迹等资源开发结合起来，发展中西部旅游经济……黄河水利委的同志都听得十分认真，并仔细询问了黄河上还有那些地图上未标出的险关险段，以作为开发黄河水利资源的参考。

　　从郑州桃花峪到黄河出海口为黄河下游，在这786公里河段，落差已降到 95 米以下，河道宽且河床浅，水流变得平缓，从上游带下的大量泥沙淤积在这里，形成了地上悬河。有资料说，黄河下游的泥沙如果堆成 1 米高、1 米宽的土墙，可绕地球 27 圈。尽管郑州就坐落在黄河南岸，可是令人意外的是郑州并不属于黄河流域，原因就是这个地区的地表径流的水，流不进高高在上的黄河河道，只能转流到淮河去，郑州因而纳入淮河流域范围。

为解决由于泥沙沉积而不断抬高的河床，人们只能一次次地垒高黄河的大堤，其结果将下游变成了"地上黄河"。不少河段的黄河水位高出堤外地面 8～10 米，也就是说黄河在三四层楼房那么高的空中流动。

在这样的地上悬河上漂流，全部要靠人力划桨加速前行了，为了赶时间，马鞍山黄漂队队员们进行了分工，留 2 人在黄河上继续下漂。其余队员直接奔赴山东省东营市垦利县的黄河入海口做接应。

然而，这次在黄河漂流中一直保持领先优势的马鞍山黄漂队没能拔得头筹，但也不遗憾。原因是马鞍山市黄漂队到达山东济南时，队员王来安受家人委托，寻找在解放战争中在山东地域牺牲的一位叔叔的下落，济南市体委负责人陪同队员们，开着面包车，跑遍了济南市烈士陵园，虽没有找到，但也尽了力。

第十九章　投入蔚蓝色怀抱

9月22日，马鞍山黄漂队终于到达山东省东营市垦利县。从县政府接待人员口中得知，北京黄漂队已于9月11日捷足先登到达了黄河入海口，紧接着，9月25日河南黄河漂流探险队也胜利抵达黄河入海口，当三支黄漂队终于大"会师"时，大家相拥在一起，激动万分，泪流满面。

面对大海，三支黄漂队首先为黄河漂流中英勇献身的7名勇士举行了悼念仪式。

北京黄河漂流队员陈爱华含着眼泪，了却黄漂中罹难丈夫杨浩的遗愿，亲手将他的骨灰撒进入海口的黄河波涛中。

在举行了简短的祭奠仪式后，河南黄漂队生死患难的队友们将雷建生的骨灰撒进了大海。郎保洛的母亲张志珍也随着河南黄漂队来到了黄河入海口，将郎保洛的骨灰撒向了大海。而专程赶到黄河入海口的河南黄河漂流探险指导委员会主任、时任河南省顾委副主任的韩劲草老人，面对雷建生、郎保洛骨灰，哽咽地说："你们是征服了长江和黄河的英雄！是唯一的！唯一的！让我们最后再送你们一程吧。"说着，说着，声音就嘶哑了。

而马鞍山黄漂队员们则噙着泪高喊："汤立波、张建安，我们的好兄弟，我们已经到达了黄河入海口，你们未尽的遗愿，终于实现了，安息吧！"凄厉的声音在空旷的海天传得很远、很远……

"黄河落天走东海，万里写入胸怀间。"这是唐代大诗人李白笔下的豪情。在那气贯长虹的母亲河上，黄漂探险队所有队员们感受到了黄河文明深厚的文化底蕴，找到了中华民族坚强不屈战胜一切艰难困苦的精神根源，更领略了海纳百川、有容乃大的宽广胸怀。此时此刻，黄河漂流中发生的所有不愉快过节、暗中较劲、争夺第一的竞争，都已变得毫无意义，共同的意志、共同的追求、共同的理想、对黄漂中罹难队友的共同怀念，已经把三支黄漂队凝聚成了一个共同体。

垦利县委、县政府对三支黄漂队胜利到达入海口，完成了史无前例的黄河全程首次使用无动力工具探险漂流壮举，表达了高度敬佩之情，并以黄河入海口盛产的对虾，举办了大虾庆功宴以示庆贺。当那一盆盆大红色海水对虾被端上餐桌时，大家在觥筹交错中品尝着美味，耳边又响起熟悉的歌曲："美酒飘香啊歌声飞，朋友啊请你干一杯……舒心的酒啊浓又美，千杯万盏也不醉……美酒浇旺心头火，燃得斗志永不退。"胜利的喜悦让黄漂队员们个个心潮澎湃，浮想联翩……

而张大波又发起"酒疯"，摇摇晃晃地走到河南黄漂队郎保洛母亲张志珍

"87"黄漂20周年纪念活动中，当年三支黄漂队部分队员们再次汇聚黄河入海口

面前，双膝一跪就号啕大哭："郎妈妈啊，保洛不在了，我们就是你的儿子，我们都会好好孝顺你。"一番伤心话，也引得郎妈妈潸然落泪，虽然这个"大喇叭"酒醉动情，说的也是大家心里话，欢乐的庆功宴一时变得沉默下来，马鞍山黄漂队友们为缓和气氛，连拉带拽赶紧将张大波扶起送回客房去了。

从 3 月 20 日马鞍山黄漂队从马鞍山市出发，4 月 4 日最先从海拔 4800 米的巴颜喀拉山脉的约古宗列曲（玛曲）黄河源头开漂，到 9 月 22 日到达山东省东营市垦利县黄河入海口，在 180 多个日日夜夜中，历经千难万险，吃尽千辛万苦，穿行 9 个省、自治区，闯过了黄河上游的官仓峡、拉加峡、野狐峡、龙羊峡、阿什贡峡、拉西瓦峡、松巴峡、李家峡、公伯峡、积石峡、寺沟峡、刘家峡、牛鼻子峡、朱喇嘛峡、盐锅峡、八盘峡、柴家峡，兰州以下的桑园峡、大峡、乌金峡、红山峡、黑山峡、虎峡、青铜峡、天桥峡、晋陕大峡谷、壶口瀑布、龙门峡和豫西峡谷等 35 处险关峻谷，终于完成了 5464 千米、落差 4831 米的黄河漂流全程，首次实现了人类无动力全程漂流黄河探险的壮举，填补了世界漂流探险史上的一项空白。至此世界上最长的五大江河已全被人类征服。

黄河漂流探险见证了中华民族也拥有优秀的探险基因，并被载入世界探险史史册，在世界地理探险史上烙上了中国足迹和印记，更铸就了新的"黄漂精神"：战胜艰险，百折不挠，不达目标誓不罢休的无畏勇气；追求梦想，勇于献身，成就不朽功德的牺牲精神；复兴中华，重振雄风，"欲与天公试比高"的奋发活力。

"古来黄河流，而今作耕地。都道变通津，沧海化为尘。"黄河在入海口没能造就像长江三角洲、珠江三角洲那样的人烟稠密、自古繁华的大都市，却成为华夏大地最能"生长"土地的地方，黄河携带大量泥沙而来，在入海时泥沙沉积下来，平均每年将海岸线向前推进约 3 公里、新造陆地面积近 2 万亩，并在这里形成了总面积达 15.3 万公顷的黄河三角洲国家自然保护区。

天地乾坤，沧海桑田。这里的黄河，既没有源头地区涓涓细流的清秀婉约，也没有壶口瀑布那汹涌咆哮的威风豪放，而展现出一种饱经风霜、包容

黄河入海口的"出河溜"

天地的宽宏大度。河水带来的大量泥沙淤积，将河水分割成条条细流，如同巨龙喝水伸出的无数龙须，汇入浩瀚无垠的蔚蓝色居海。而主河道黄河水在冲向大海时，涛声阵阵，激起数米高的浪花，被当地人称为"出河溜"。浩浩荡荡混浊的黄河水，冲入万顷碧波，在大海中形成黄蓝两种水色明显的交界线，就像大海在为从远方万里奔波归来的游子洗去尘埃。这是何等的瑰丽和壮观！黄河的浑厚、大海的壮阔、天际的幽深，在这里犹如万物的主宰。人，在这里显得如此渺小。而队员们在经历黄河漂流的大难大险后，心态也已经从征服黄河的万丈豪情，回归到对黄河充满敬畏的理性思考。

马鞍山黄漂队员们穿行在大海边滩涂湿地中，这里长满了茂密的芦苇、柽柳等植物，特别是一片片在当地被叫作黄须菜的水生植物，它耐涝，耐碱，开红花，结红果，通体红色，给黄河入海口的湿地披上了艳丽的红装，像火海，似朝霞，分外迷人。极目远望，四野茫茫，天高云淡，水流纵横，无数的海鸥和白鹤或在天空飞翔，或在芦苇丛中啄食，悠闲而自在，生机盎然。不远处宽阔的滩地上，胜利油田那一台台抽油机装点其间，简直就是一幅幅充满诗意的画面，长河落日的迷人风情，令人神往。

张大波和王来安、黄毅、洪元锦等队员们用望远镜，轮流观看远方黄龙入海的美景，尽情欣赏水天相接的朦胧天际，一遍又一遍，谁也不舍离去。而毛世卫则径直走到黄河入海口深处，在没有人走过的滩涂中双膝跪下，一阵号啕大哭。在这大哭中，有对罹难队友的无尽怀念，有对黄漂探险中闯过生死的上天垂怜，更有终于实现了全程无动力漂流黄河的激动心情。在胜利完成黄河漂流壮举后，从黄河上经过的难忘的日日夜夜，一幕幕地又在马鞍山黄漂队员们眼前闪现，深深地烙印在每个人的脑海中。

天地悠悠，过客匆匆，潮起又潮落。在大海边的芦苇滩涂中，三支黄漂队的队员们举行了胜利到达黄河入海口升旗仪式，队员们站成一排，在飘扬的五星红旗和队旗下，齐声唱起国歌："我们万众一心，冒着敌人的炮火……前进！前进！前进进！"雄壮的歌声在黄河入海口空中回荡着。接着，队员们进行了最后一次放漂仪式，将橡皮舟放入黄河入海的河道中，随着河水流动，缓缓地划着，投入渤海的怀抱，再次亲吻黄河母亲柔软的面颊，高喊着："黄河，我们热爱你！黄河，我们还会回来的！再见！"

人生因梦想而精彩，梦想因执着而伟大。

远方天际仿佛传来《欢乐颂》的天籁之音：

　　　欢乐女神，

　　　圣洁美丽，

　　　灿烂光芒照大地，

　　　我们心中充满热情，

　　　来到你的圣殿里，

　　　你的力量能使人们，

　　　消除一切分歧，

　　　在你的光辉照耀下面，

　　　四海之肉皆成兄弟……

附　录

创业路无止境

——秦德根用坚强诠释人生

这是 7 月 28 日，闷热的上午，当我们在市采石太白楼食品厂找到厂长秦德根时，正逢他准备到安徽亳州出差采购生产原料而忙碌着，发皱的白衬衫，灰色的大裤衩，脚上那过时的黑布鞋，尽显老土。尽管那新剪的小平头给人以精干的感觉，可那夹杂着太多的白发，更多地透露出创业路上的艰辛。

作为土生土长的采石人，丰厚历史人文底蕴的熏陶，造就了秦德根倔强坚韧的性格，而人生的历练更是让他领会了生活就是奋斗的真谛。早在 1987 年，身为国营采石茶干厂职工的他就显示出不"安分守己"的天性，凭单纯的爱国主义激情自告奋勇的参加了安徽马鞍山黄河漂流科学探险队。为了抢到"黄河第一漂"头功，他和队友们在青藏高原断炊、体力严重透支的情况下，硬是靠着顽强信念的支撑，拽着马尾巴蹚过无人区的沼泽地，走到了三江源头，从一步跨黄河的源头小溪，开始了人类首次无动力漂流黄河的探险。尽管经历了人生第一次冒险，遭遇了马鞍山黄漂队两名队员罹难的悲痛，但如今回忆起来，秦德根并没有为自己当时的冲动而后悔。他认为经历了这种生与死考验，人生中还有什么坎不能迈过！

虽然秦德根在采石茶干厂里是个出色的销售骨干，但随着20世纪90年代末企业改制，他还是无奈地下岗了。面对工作无着和家中老婆孩子的泪光，秦德根此时更深切地感受到一个男子汉肩上的压力和责任。"草根"自有"草根"的活法，有一双劳动的手和力气，还怕不能生存！经历过"黄漂"的秦德根又找到了在黄河源头断粮时，连吃草根都觉得香的感觉。他要靠自己的双手打开一条生存之路。

创业的切入点在哪里？秦德根以自己当销售员的经历，经过反复的思考和权衡，决定还是从自己熟悉的行业着手，重操生产、销售茶干的旧业。为此，他和同为下岗的一帮"穷棒子"们联合起来，东挪西凑地筹集出可怜的微薄启动资金，办起了生产茶干的小作坊。可是这个名不见经传的小作坊生产的茶干，既没有知名度更得不到市场的认可。为了生存，秦德根只得带着员工沿街摆摊叫卖，招徕顾客。堂堂国企原职工，现在跑到街上叫卖，开始时面子实在抹不下来，见到熟人，赶紧用草帽遮住脸，生怕被认出来。为打开销售局面，秦德根骑着那辆破旧的电瓶车跑商家、进菜场，不厌其烦地介绍自己的产品特点，希望对方能买一点。太阳晒黑了他的脸，也更加燃起他心中渴望成功的火焰，正是靠这种原始的推销办法，他们生产的茶干逐渐打开了销售局面，尽管每天只有一二百斤的产量，但由于分量足、味道好，每天倒也销售一空。

随着生产销售形势日渐红火，麻烦也找上门来了。可能是生意好了引起同行的嫉妒缘故，市工商、质检部门检查人员接到举报登门检查来了，要打击假冒伪劣产品。这使秦德根感到又急又怕，如果厂子被封了，那今后的日子该什么过啊？其实政府管理部门对个体工商户创业者十分支持和关注，当了解情况后，工商、质检部门不是查处，而是主动对秦德根生产茶干的小作坊在食品加工工艺、生产安全管理、卫生检验等方面进行指导和帮扶。为企业建立健全了各项生产规程、质量监控体系和食品安全等方面的许可证和规章制度，引导企业走上规范化生产、管理的轨道。经过这不亚于"黄漂"的第二次"历险"后，秦德根在企业内部管理上更加注重食品安全的生产把关，对外认真做到诚实守信经营。为了扶持企业发展，市劳动和社会保障局不仅请他参加创业培训班学习，还积极帮助他落实了 2 万元小额贴息贷款，以解决流动资金不足的困难。10 多年间，企业也从当初的小作坊发展成为产值突破 100 万元、初具规模的市采石太白楼食品厂，20 多个品种的特色茶干日产量达到 400 多公斤，并创出了自己的"太白楼"茶干品牌，产品畅销市内外市场，登上了马鞍山市大小超市柜台，并在合肥、南京、武汉、天津等大城市设立了代销点，有 30 多名下岗失业人员被安置进厂就业。

虽然企业生产经营呈现出蓬勃生机，但秦德根没有忘记自己应该承担的社会责任。在四川汶川发生大地震后的第二天，采石太白楼食品厂在我市民营企业中第一家捐赠出价值 2 万多元的茶干食品，并在第一时间运到地震灾区，表达出一位民营企业家的对灾区同胞的拳拳爱心。就在今年春节前，秦德根主动建立了一笔扶贫济困专项资金，随采石街道党工委慰问捐助特困家庭时，还不忘记将自己的名片散发给特困群众，并一再嘱咐，"有困难需要我帮忙的，就打电话给我"。为帮助减轻社会的就业压力，秦德根在企业招工中，特别注意招收四五十岁的下岗人员，对企业员工不仅实行免费就餐，而且就连在校读书的员工子女也享受到免费午餐的待遇。这些善行义举，受到群众的交口称赞，而秦德根也在雨山区开展的"知荣辱、树正气、促和谐，树立良好风尚好市民"评选中，被评为 2007～2008 年度"十佳道德之星"。

如今的秦德根仍然保持着纯朴执着的"草根"本色，与他形影不离的仍然是那辆见证创业风雨的破旧电瓶车和脚上那双洗得发白的黑布鞋。有人劝他，企业现在有钱了，也该换一辆新车了，但秦德根总是说："创业路无止境，有限的资金要用到扩大再生产上。个人简朴些没啥，能为国家做贡献，为社会创财富，就是我最大的快乐。"

刊载于《马鞍山日报》2009 年 7 月 30 日

注：2013 年 3 月，秦德根荣登"中国好人榜（诚实守信类）"好人。

评语：用良心保证企业食品质量，用真情扶助困难群众的马鞍山市采石太白楼食品厂厂长秦德根。

马鞍山黄漂队员风采二

诚信是城市的精髓
——洪元锦以诚经营传口碑

洪元锦是我市众多民营家装企业的小老板，在国家强力调控房地产市场的大背景下，由于商品房销售不景气，装潢市场不少家装小企业纷纷关门息业。可是洪元锦创办的马鞍山市锦升装饰设计工程公司却依然顾客盈门，5月4日上午，当记者遇到他时，正逢他匆忙从当涂紫竹园住宅小区一家装潢户赶回，原来公司里有好几家客户正等着他洽谈新房装修事宜。当问及为何生意不断时，洪元锦讲了一句心里话："我的为人做事原则就是以诚待人，以德载物。只要讲诚信，就会有客户。"

2003年，洪元锦从一家国企下岗后，当时心绪烦乱，眼前一片迷惘，年纪轻轻总不能待在家中当"啃老族"吧，思来想去，他看到家装行业正在兴起，一咬牙拿出全部积蓄近万元，开办了自己的装饰公司，试水投入家庭装潢市场。可别以为家装行业门槛低谁都可以进，一旦置身这个行业之中，洪元锦就深刻感受到这碗饭并不是那么好吃的。不但家装设计的学问很高，施工对技能的专业水平要求也是十分严格的。遇到了苛刻的客户，不但对使用的材料、施工的质量百般挑剔，而且在价格上讨价还价、斤斤计较，这令洪元锦"头大"不说，到头来一算账还亏了本。洪元锦记得，在为一家进行装饰施工时，由于谈的合同价格较低，在铺设室内水管时用了一般通用水管材料，客户看到后就不愿意了，非要改用名牌水管材料，哪怕添点钱也行。没办法，洪元锦只得带着工人连夜将已经铺设好的水管又挖出来，第二天开着小货车与客户一起到建材市场让客户自己选择中意的管材，再连夜施工。尽管那段时间洪元锦忙得灰头土脸，不图赚钱，但求名声，总算为客户交上了满意的答卷。

经过在家装市场几年的摸爬滚打，洪元锦逐渐意识到，做企业就是做道德，讲诚信才是企业的立足之本。尽管自己是小本经营，无法与规模大、实力强的大装饰公司竞争，只能以"规范、品质、服务"取胜。为此，他除了聘请高水平的家居设计师外，还组建了自己的施工队伍，并通过不断培训提升其家装的技能。但这还不够，虽然接到的每一笔业务签订的家装合同价格已经压得很低了，但真正在施工用材用料上还是处处为客户着想，尽力选择一线品牌、高质量、节能环保的产品，尽管这增加了自身成本，一个家装项目下来只能保本或获得微利，却赢得了客户的信赖。经客户的口碑流传，业务也不断登门而来。几年来，经他公司施工的市区和当涂城区上百个家庭装潢项目，未发生一起与客户的纠纷事件。

我市家装市场发展最高峰时，经营家装的企业超过 200 家，如今不少家装企业已经消失或转行了。对此，洪元锦认为，诚信是企业立足之本，是企业存亡与兴衰的试金石。一个企业要讲诚信，一个城市更要具有健全的社会信用体系。健全的市场经济必然是诚信经济，因为价值规律要求的等价交换、竞争规律强调的优胜劣汰等，无不以"诚信"为根基。如果一个行业、一个企业缺乏诚信理念，在经营活动中损害客户的利益或采取偷工减料、以次充好、以假乱真等手段来蒙骗消费者，虽然可能在短时期内获得一定的利益，但是从长期利益角度来看，则是一种自我毁灭。

刊载于《马鞍山日报》报道《马鞍山精神各界人士访谈录（下）》

2011 年 5 月 19 日

马鞍山黄漂队员风采三

为信息时代加温
——钱海兵其人其事

2001 年 1 月底在瑞士达沃斯举行的世界经济论坛上，新加坡资政李光耀和世界计算机巨子戴尔比邻而坐，于是有了下面一段对话。

李光耀：你是否真的是有史以来第一个跻身《财富》500 强的最年轻的首席执行官？

戴尔：是的，但我现在老了，已经 35 岁了。

李光耀：（感叹地）在信息技术年代，年轻和一副灵光的脑子就是巨大的优势。

一

他坐在我的面前，板刷式的小平头下面是一副精力旺盛的脸庞，鹰隼般的双眼正盯着办公桌前计算机屏幕上的股票图标，那专注的神情全然忘记了办公室还有客人存在，好在我们是多年的老朋友了，脾气性格都心照不宣。照他的话说，现在信息技术开发一日千里，再不趁年轻时下功夫钻研，就要被时代的潮流抛到后面，那时可就是"老大徒伤悲"了。

不过我得先声明，我的这位朋友并不是什么计算机巨子，也不是股评家之类的"教父"，只是马鞍山市众多民营科技企业中的小人物之一，掌管自己创立起来的"小舢板"——沸点信息科技有限公司。虽说总经理也算是个领军人物，但面对千变万化、竞争激烈的信息市场，更当一马当先，拼杀沙场。这不，公司的众多会员正等着他拿出股票行情分析报告呢！对行情判断稍有不慎，将直接关系到股民会员的收益，这岂能掉以轻心！

　　和大多数新生代民营经济创业者一样，今年35岁的沸点公司老总钱海兵凭着年轻和智慧创出了自己的生存空间，并把当地的信息市场闹得沸沸扬扬，这可能就是当初钱海兵把自己的公司起名为"沸点"的初衷吧。如今，信息科技在马鞍山市逐渐形成气候，可当初跨出决定命运的第一步，还真要有一股敢于第一个吃螃蟹的勇气呢。

　　钱海兵的勇气从何而来，必须提一下他的一次非凡经历。

二

　　我和钱海兵相识于1987年的"黄漂"活动中，尽管这轰动一时的民间壮举至今没有定论，但敢于向黄河挑战本身就具有一种悲壮的色彩。

　　作为血气方刚的小伙子，钱海兵自然成为黄漂队员中的骨干，从黄河源头一路漂下来，尽管困难重重，倒也相安无事，然而，当黄漂队员在通过龙羊峡时，看似平静的黄河终于露出桀骜不驯的真面目，当钱海兵和漂流队员们乘皮筏下水后，湍急的水流带着旋涡，皮筏如一片树叶，被玩于股掌之中。皮筏完全失去控制后，被瀑布般的落差打翻，4名队员顿时被汹涌的激流吞噬，在这生与死的搏斗中，钱海兵显示出惊人的毅力和冷静的头脑，他紧紧抓住皮筏上的尼龙绳，在浪涛中浮沉，当被河水冲出几十千米时，他瞅准离岸边不远处的一块岩石，趁浪头将他托起的千钧一发之际，猛地扑向岩石，得以死里逃生，而同筏上的另两位黄漂队员却永远殒命黄河，酿成黄漂史上一大悲剧。

　　在寥无人烟的黄河岸边，钱海兵看着被尼龙绳磨得露出骨头的手掌，呼喊着遇难队友的名字，巨大的悲怆使他忘记了疼痛，这个年轻人在号啕大哭中过早地领略了生命的脆弱，更激活了心灵深处永不向命运低头的性格。

　　从黄河漂流回来，钱海兵一改过去沉默寡言的腼腆性格，他时时扫描着市场热点，一旦抓住机会，该出手时就出手了。

三

1993 年，马钢股票成功上市，钢城涌动起一浪高一浪的炒股热，手持马钢职工股的他也成为铁杆股民，当很多人为怎么炒股还感到迷惘时，他却在股海中琢磨出不少学问。有没有办法让股民从既烦又累的交易中解放出来，随时在身边即可掌握最新的股市行情呢？这一想法时时缠绕在他的头脑中。这时他从朋友处获悉，西安交大开发出一个图文接收卡，这种卡只要安装在有线电视网络的电视机上，就可在家中方便地接收到各卫星电视台播放的沪深股市行情和图表分析数据，从而获得最新股市行情变化，掌握股票买卖的主动权。

在当时，这个神奇的卡不啻是新鲜事物，钱海兵自然不会放过，年轻人的特点就是不优柔寡断，瞅准就干。1995 年，钱海兵靠 1600 元资金起家，办起了沸点电脑信息服务部，向股民推荐这种图文卡，并帮助代购，免费上门安装，整个生意正逢其时，很快图文卡就在股民中流行开了，最高时，一天可卖出几十块图文接收卡。随着经营规模的扩大，服务部也发展成沸点信息科技有限公司，以信息服务为主，通过会员制形式，为股民提供炒股知识、炒股技巧、炒股基本方法以及电脑基础知识、软件基本操作培训等服务和设备维修，会员们只要缴纳少量会费，就可获得 24 小时全天候服务和每星期一份的《沸点股市传真》简报。一时间，沸点公司声名鹊起，会员发展到 1500 余户。

四

虽然钱海兵用智慧开拓出了一片生存空间，但他深知，自己及公司的命运很大程度上操持在相关部门的手中，只要有市场竞争，双方的冲突就不可避免。

尽管图文接收卡给股民带来的便利很多，但他必须通过有线电视网络来实现其功能，其原理是利用有线电视网宽带中的富余资源"场逆程"信号来进行数据传送，这如同照相胶卷中每个画面之间的狭窄空白，不用也就浪费了，而利用起来确实是一笔很大的财富。但这一资源的利用必须要与有线电视台合作，应该说，沸点公司和有线电视台双方都有积极性，有线台提供信号，沸点公司提供输出设备、软件和人员培训，获得的利润按比例分成。可是随着业务的发展，结果不尽如人意。对此，钱海兵只能寄希望于有关部门为新生代民营经济创造一个公平合理的竞争环境，以求共同发展。他认为市场竞争是正常现象，但良好的合作互动带来的双赢，效果却远远大于不必要的竞争。

五

对于民营企业来说，主要是靠自身的竞争能力和对市场需求的开发创造来求得发展，因而民营企业需要有更为敏锐的市场目光和灵活的管理机制。5年创业，钱海兵的沸点公司经营范围不断扩大，从图文接收卡、炒股机到电脑、商务通、耗材等产品，产值利润逐年上升，但不论怎么发展，钱海兵抓住一个中心不动摇，那就是坚持以信息研究开发传播为主导。一个好信息可带来丰厚的利润在股市上可是屡试屡爽的。而研究、捕捉信息却需要高超的智慧、丰富的知识和严谨的思维判断及分析能力，沸点公司之所以能吸引大量的会员，不仅仅因为设备完善、操作方便，更主要的是这里提供的信息快捷、可信，行情判断准确率高，炒股能赚到钱，不少门外汉抱着尝试的心情走进沸点公司，从普通会员升格到高级会员，成为炒股高手。

看到我那将信将疑的神情，钱海兵把我带到公司会员沙龙，眼前果然一亮。大厅内一排排电脑足有80余台，股民会员各自坐在电脑前全神贯注查看各类股票的走势，而一些新加入的会员在公司技术人员指导下正在键盘上学习操作。我问一位老年人："成为会员后，有什么体会？"对方回答："我来公司时间不长，但确有收获，学到了不少股票技术操作上的知识，但要想独立运行，还需要进一步学习。"

　　钱海兵在一旁介绍说，我们对学员培训的指导思想是"科学、理论、实践"，首先制订科学的培训计划，引导学员树立正确的投资理财意识，帮助学员掌握科学的分析方法和信息处理能力，有了一定的理论基础后，公司推荐一些绩优股供学员上机实际操作，通过这样的培训和学员之间相互交流，使得会员的投资水平不断提高。

　　据了解，加入沸点公司的会员 90% 以上在炒股中都获得了收益，从而使沸点公司的影响力和知名度不断提升。要求加入的会员越来越多，致使公司现有的电脑已经满足不了会员们的需要，为此，钱海兵正在考虑开辟容量更大的股市沙龙。

六

　　与此同时，沸点公司于今年 5 月开通了自己的网站，通过信息服务和远程教育，使公司的影响力冲上了互联网，一个月不到，网站访问者达到 1000 多人次。

　　在钱海兵办公室墙上有一幅醒目的草书"逸志不群"，这也是沸点公司独具一格管理理念的体现。5 年的创业实践使钱海兵明白了一个道理，一个企业办得好，靠的是全体员工的共同努力，而企业办砸了，则是企业决策者的过错所致。因而沸点公司在内部管理上形成了"民主、自主、团结、创新"的完整思路。针对员工的特长和能力，确定工作岗位，使员工在既定的工作岗位上发挥出最大的潜力和主观能动性。钱海兵认为："公司的每一个人都是一个主体，但从整体上来说，他们又是独立的个体，公司让每个员工发挥自己的个性，认清自己的责任，增强团队意识，这样公司就把每个员工的个性组合成拼搏市场的合力，从而形成强大的竞争力。"

　　那么公司内部有无竞争呢？当我提出这个问题时，正好公司一位名叫石慧的经理助理来汇报工作，钱海兵指着她说，这位助理是从北京来加盟沸点公司的，才来时只是作为一般工作人员使用，但她在管理和业务能力

上体现出自己的才干,破格提拔为经理助理。于是我和这位石慧小姐有了
这样的对话。

　　问:你认为你是凭实力还是靠关系当上总经理助理的?
　　答:我应聘来沸点公司主要是想体现自身的价值,靠自己的
工作业绩来证明我的能力,虽然我随时都有可能被人替代,但至
少我尽了力。
　　问:你有压力感和危机感吗?
　　答:当然有。这就需要我不断创造性工作,推动公司的快速
运转,不断创造性地思维,以"苟日新、日日新、又日新"的快
速反应在瞬息万变的信息技术领域领先于同行。

　　一席对话,使我对沸点公司员工的知识结构和管理水平刮目相看。确
实,沸点公司发展过程也正是人才流动汇聚的过程,如今公司的 29 余名员
工中,大专以上专业技术人员占到 1/2 强,其中不少是外地、外省大专院
校毕业生慕名而来的,这些平均年龄不到 25 岁的年轻人,以自己的才干和
智慧为企业发展不断输入新的能量。短短 5 年间,公司固定资产达到 100
多万元,经营范围从信息服务、电脑售后服务扩大到信息软件的研制开发,
使企业的实力不断增强,从而对社会的贡献也越来越大。

<h1 style="text-align:center">七</h1>

　　钱海兵常挂在嘴边的一句话:"信息就是财富。"岂不知年轻也是最大
的财富!计算机巨子戴尔称 35 岁就已经老了,反映出信息时代知识更新速
度之快。年轻的优势是脑瓜快、敢作敢当、错了可以纠正,但机遇丢失了
就时不再来。当然,对于钱海兵来说,延伸战略空间并非一帆风顺,有道
是:沸点随外界的压力而改变,压力低,沸点也低,反之亦然。这是物理
学的解释。随着我国即将加入 WTO,信息产业的竞争更趋激烈,作为新生

代民营经济的"沸点"，无疑也面临着市场竞争的巨大压力，有压力才有动力，沸腾的激情正是钱海兵创业的主旋律。

刊载于《华夏星火》杂志 2001 年 6 月

后　记

　　作为 1987 年安徽马鞍山黄河漂流队的参与者与组织者，笔者一直就想把这段惊心动魄的探险历程展现到世人面前，因此采访收集保存了大量原始资料。尽管很多朋友和当年马鞍山黄漂队的队员们都希望尽早动笔，但囿于编辑、采访工作繁忙，几次提笔都没能静下心来。这一耽搁，30 年就过去了。

　　在"87 黄漂"30 周年纪念日到来之际，我们的记忆深处又浮现出在黄漂中罹难的汤立波、失踪的张建安那年轻时的音容笑貌；感同身受汤立波黄漂遇难后，其家庭难以抹去的伤痛；更难忘曾经看望市疾控中心工作的张建安哥哥时，那流露出的悲伤眼神。黄漂是时代的产物，也只有在那个特定年代，才会有黄漂探险，才造就了这些黄漂勇士，才会有如此悲壮。我们没有对"87 黄漂"给予历史评判的能力，但对黄漂队员们在黄河漂流探险中，展现出的那种中华好儿女勇于探索、甘于献身的无畏精神和爱国主义情怀，我们有责任如实将其记载下来，让当代人以及后人知道 1987 年在前无古人的黄河探险中发生的惊心动魄的悲壮故事。

　　作为一种纪实文学，本书的视角主要是聚焦安徽马鞍山黄河漂流队探险经历，表现的是真实事件和真实人物，由作者之一的社会学博士研究生李艳艳抽出时间，对大量采访素材进行了精心整理，并通过艺术构思做了部分文学上的描述，以及作者本人的评论分析，努力还原典型环境中的典型性格。其中在时间长河中，部分记忆有所失落，加之马鞍山黄漂队员各自回忆的单向性，因而在综合中有些描写和表述可能存在与原始事实有出入的地方，还请马鞍山黄漂队友们见谅。

本书在写作中参考了部分网络上公开发表的内容，其中"长漂英雄魂断黄河"一章，主要采用了河南黄漂队原后任队长袁世俊的回忆记录，并征得了对方同意，在此深表感谢。书中所附图片均为马鞍山黄漂队员提供的原始照片。从内容上来看，本书具有充实史料性、相对完整性和收藏保存性的研究价值。

笔者才疏学浅，有为"87黄漂"树碑立传之心，但无如椽大笔之力。书中如有浅薄谬误和不尽如人意之处，还敬请老黄漂队员们和读者指正。

2018 年 12 月